开花的地方

韩文戈 ◎ 著

花山文艺出版社

河北·石家庄

图书在版编目（CIP）数据

开花的地方 / 韩文戈著. —石家庄：花山文艺出版社，2021.6
ISBN 978-7-5511-5639-4

Ⅰ.①开… Ⅱ.①韩… Ⅲ.①诗集－中国－当代 Ⅳ.①I227

中国版本图书馆CIP数据核字(2021)第064885号

书　　名：**开花的地方**
Kaihua De Difang

著　　者：韩文戈

责任编辑：郝建国　王玉晓
责任校对：李　伟
装帧设计：王爱芹　王　雪
美术编辑：胡彤亮
出版发行：花山文艺出版社（邮政编码：050061）
　　　　　（河北省石家庄市友谊北大街330号）
销售热线：0311-88643221
传　　真：0311-88643234
印　　刷：河北亿源印刷有限公司
经　　销：新华书店
开　　本：787mm×1092mm　1/16
印　　张：19.25
字　　数：150千字
版　　次：2021年6月第1版
　　　　　2021年6月第1次印刷
书　　号：ISBN 978-7-5511-5639-4
定　　价：50.00元

目 录

contents

第 二 辑 ｜ 手 风 琴 之 歌 （2018—2021）

第 三 辑 | 乐 曲 与 灯 火 （2018—2021）

第四辑 | 包浆的事物 (1987—2017)

众人的故乡

（2018—2021）

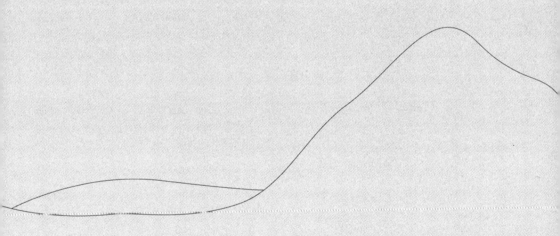

秘密

我们对诸神已太晚，对存在又太早。

——海德格尔

告诉你一个秘密，我个人的秘密：
当我抵达未曾抵达过的地方
会随手扔下一本我的诗集
一个什么的遗址，一片什么都不是的荒原
汪洋中的一座小岛，因为耸立而被遗忘的山尖
我总会把我的某一本诗集放置在露天下
草丛、泥土、碎瓦或石块上
这不是你所理解的对某种永恒的奢望
也不是某个仪式以缓解焦虑
只是寄望短暂者的诗
因吸纳日月光华而得以澄明
当我回到日常，我的梦因此更丰富
想象那些书被风吹散，被泥沤烂，被虫子吃掉
也会被陌生人翻阅
再作为引柴点燃更多劈柴
乌鸦或喜鹊也会衔走纸上的文字
拿去喂养幼鸟，絮窝，或者自己咽下
像一头牛卸掉身后车上的重载，我卸掉以往
也为着向大地的祭坛献祭
诗终结了人对它蛮横的命名
而那里和那里，皆为原初之地，它们本该待的地方
如其所是，诗自己才刚刚开始

落日下的乡村与集镇

从前想到必有一死，我就会像动荡的海水
不安地环顾四周，此岸与彼岸
哦，大地上没人能逃得开水的围困
一想到这里，那些折磨我的焦虑
便自欺欺人般地缓解下来
那是粗盐沉淀其中而保持某种平衡的安静

现在我不再环视，地上的事物
也已退回大陆深处
我只好仰头向上
古典的天空传来钟声，一种永恒的召唤
那里有父亲母亲，众星，伟大的哲学的佛陀
庄子、海德格尔以及我的老师姚振函

但我的爱依然在这一地鸡毛似的人间
它有如植物根部泛白的盐碱
某人慈悲地注视着落日下的乡村与集镇
那里有劳作中的人、游子、树下嬉戏的孩童
即便我仅有着对一个人的留恋
对大地的不舍，也仍让我心生嫉妒和哀伤

脉动

那纸上望气的人，空洞的双眼
朝向东南西北的天光
跟着东南西北风，在风中捕捉气脉
顺风，逆风，听隐藏在四方尘土里的呼喊
旷野无人，但仍有一声声隐忍的哭泣
牛叫、马嘶、狗吠、狼嚎
沿着声息和山脉，他找到水脉与矿脉
源头：矮矮的豌豆秧弥漫芬芳

那纸上谈兵的人，从前对身外怀有好奇
奢谈贤德与青史、功名与碑铭
最终他沿着文字的阶梯，向内顺从宿命
享用欢乐，也听凭无常的哀伤召唤
当他患上失语症，上午站在源头
向下游望去，人世开阔，下午返身回望
早晨、正午、黄昏，星星挂满天穹
这是人脉、根脉隐约的走向：时辰卷动

那纸上招魂的人，打开他唯一的 一本书
顺着血脉、龙脉去寻找起伏的命脉
青龙白虎，出将入相，活在一个彩排现场
众生皆为演员，导演端坐天上
一出悲剧融入正史、野史，拍了一万年
马匹驯成战马，牛皮蒙上战鼓

青铜铸剑，桑叶成烟，骨头砌起城墙

万物之灵汇聚纸上：正面寂静，背面喧嚷

山冈

出生后，我最早认识的那些人
都已死去
现在，我还能记得他们的模样
更早的人，我没见过
可我从族谱里
看到过他们的名讳
他们都更早地离去
埋在了荒凉的山冈上
现在，我也开始衰老
肉体松垮、牙齿晃动、关节失灵
那些贫瘠的山冈
随着一茬茬人的掩埋
正在潦草的世道
一寸寸长高
不知道，要埋下多少骨殖
那向上的山冈和山丘上的小村庄
才能高过那些
向宇宙求救的信号塔
而更远地离开大地的苦难

忠告

那用文字打哑谜呼唤惊雷的中年诗人
诗歌已不再是他的述说，是时间张开了嘴
他已玩不起风花雪月，玩不起功名，甚至玩不起虚无

在一个个充满意义的文字里，他完成着无意义
在虚无和速朽之中，延续了汉字的永恒
在时间的不死里，他体验了死

那些树，那些名目繁多的树

那些树，那些名目繁多的树存在吗
坐在树下，树叶打在他灌满秋风的身上
他顺着风瞭望，风过处无人
他想，远处困在落叶里的人又是些什么人啊
他们周围的空气中
是否也游荡着数不清的闲散的灵魂
此生正如此刻，他专事务虚
在冥想中把玩修辞的残渣
生榨啤酒，给影子读者写诗，向空中扔骰子
以驱离事物的骨头，拆解它们的名字
让无边的虚无主义产生意义
来呼应古人的策论
常想象古贤者，归于山林，山林完好如初
坐看天下大势纷争，烽烟在山外弥漫
现在，虽逢和平盛世，老问题依然引出新问题
他非贤者，山林缩小为一座山或几座山
一棵树或几棵树
经历了太多事，又无能为力
才像个无奈的逃逸者，归于一隅，被落叶包围
别听那些淡泊名利者的标榜
即使在回廊与檐下，那也是陷入时间的缝隙
身边无人，天下人进城热衷名利与美学的纷争
可名利瓜分完毕，美又在哪里
只是嘈杂之声盈耳，日夜不休不息
鸟雀拖着自身的阴影，像拖动着哑巴橡皮

每个时代都不荒芜

经常想象古人，先是月亮，后是月亮下的草地
毛驴驮着书卷，走在通往山居的路
他们是否也想象过今天的我们
就像我也会想象多年后的人，山高水长
我想庄子在世时
他绝想不到地球对面，未来的博尔赫斯
但庄子的时代并不贫乏
才有他那样的逍遥游
陶渊明的时代没有弗罗斯特
他也想不到，比他更早的维吉尔
他并不寂寞，沽酒，辞官，种田，独坐菊花丛
在东晋的土地上，写下饮酒诗田园诗怀古诗
尽管六百多年后，他的名字
才被苏东坡拂去蒙尘，引为前生
杜甫也经由多年，被后人请上神坛
他的时代没有米沃什
但他写出了唐朝的史诗，他的逃亡与流浪
而今天，尽管我也偶尔写一些分行
可我从不是诗人，我想不出
还有多久才会有另一个陡峭的人诞生
就像早已熄灭的星辰
在它们之前，远古星空灿烂，吹过一阵一阵的风
在它们之后，未来夜空，是否依旧繁星满天

很多个上午十点

很多个上午十点，我坐在办公桌前

眼睛因阅读或起草公文显得疲惫

闭一会儿眼，走到窗前，想向外远视

前面的高楼遮挡了我的视线

此时正值上午十点

我总会听到楼房的那一边

栗胜路小学在播放音乐

那青春的音符使我如一个老人回到了少年

很多个上午十点，我坐在书房写字台前

当我改完新写的诗，会走到凉台上

为植物们喷喷水，或抚弄一下它们的枝叶

会听到楼下的幼儿园传出一小段乐曲

以及孩子们放肆的呼喊

这使我如一个老者突然间遇到自己的童年

很多个上午十点，我在很多个异地也有同样的经历

很多个上午十点，就应该是这个样子

播放一小段音乐，感受孩子们的欢乐

就该是少年与童年的时间，尽管它那么短，那么短

壁炉

我想拥有一个从前天烧到今天的壁炉，不必是大房子
我想要个如此温暖的壁炉，烤着前胸与后背
在你那里，我看到了它，壁炉里的火是你引燃的
我成了站在你壁炉前的人，墙是蓝色
仅仅因此，我爱上了你，这无边荒凉的大地

壁炉还在燃烧，通宿通宿地红着
稍远处，酒窖也发着红光，像深处或体内的壁炉
它们比血红，但比血温暖，血在时间里是凉的
我必须爱上你，在这无处可去的大地
我虔诚地站在你的壁炉前，尔后被你的蓝所消解

小叙事（一）

毕业后独自来到陌生小城，做实习记者
无事的早晨，每天去人民公园

对面，隔着窄窄的人民路，铁三局家属院
几乎，每一次，左眼皮跳动，在神秘的七点钟

那个穿校服的中学女生，斜背着书包
走在马路对面，我向西，她向东

随后我移居若干城市，经历太多人事、美学和运动
也曾试图把她嫁接到另一些女孩，但不可能

仿佛，依然是，我向西，她向东
仿佛越来越远，依然是，我向西，她向东

再没见过那纯净的天使，行走的花，海蓝色学生装
梳着两条马尾辫，走起路，轻快如晨风

白色网球鞋起落，羔羊奔向泉水的小蹄子
那时我疯狂写诗，排遣人在异地、同窗分别之苦

晚上，一群写诗的新朋友聚在酒里
总会想，同一片夜幕下，灯光照亮她掀开课本

我们从未相识，甚至她并不知道我

每一天，我仍旧背着朝阳向西，她向东，迎着旭日

直到现在，日已过午，我慢慢老去，青春啊

她在哪里：祝她无忧，祝她拥有个商品时代的好男生

我们是陌生的

当我在这面山坡望向对面的山坡
我看到了你，我们是陌生的
你也在俯视，张望，我不知道你是否看到了我
整座大山只有我们
你知道，我们是陌生的：两个偶然的人
隔着深谷，站在两个耸立了亿万年的山坡上
然后你穿过草丛和灌木翻过山脊
回到山那边你寄身的村庄
我也会下山去，回到山峰这边我的村庄
我爸爸、我爷爷都曾居住过的村庄
群山寂静状如凝固的波浪
一代代人在转瞬变旧的房屋里繁衍
我们处在同一时空，但或许仍将陌生
我们之间隔着一道深深的山谷
那也是时间的深渊

致陌生人

放松之后，有如一场颁奖典礼的结束

我走下没有颁奖人的领奖台

成为暗处的观众，提前来到了我的老年

有过的惊喜、欲望与期待全部化作看客的平静

用过的电扇被拆解，装回纸箱

夏天的雨水一部分被庄稼吸纳

另一部分藏进了海洋

如同我曾经翻越的群山，一座连着一座

从前的时间延伸在铁轨上，没有尽头

现在，铁轨卷起来，成为雄狮有限公司的机床

锻造进化论、时光碎片和干枯的玫瑰

一件准备了大半生的作品即将诞生

无须再谈论它是否完美

它的语调与我此刻的诗保持一致

低沉如我所拥有过的生活

百转千回，回忆带来的安慰过于脆弱

陌生人，我本想把这首诗献给某一位旧友

最终却没有忆起他们的名字

韩士福？韩泽云？我的兄弟已过早离场

还好，陌生人，趁你依旧留在丰盈的盛年

盛年！称心如意的时辰与哀伤平分

随着小步舞曲跳起来吧，陌生人

别像我，终生只凝视另一个我，又能怎样

我眼中的另一个我依旧陌生

而一旦逼我，我会说，唯有荒诞与快乐

那个老问题，却从来就没有答案

秋后的田野

——献给济慈

　　我散步的时候有两样用心琢磨的珍宝，你的娇
美和我的死期，哦，我想同时拥有它们。
　　　　　　　　——济慈写给芳妮·布劳尼的信

有时，我会想到一个人最后的诗篇

该是什么样子。青春远去，它行经之地

庄稼的残茬总会有遗落丢弃的禾穗

像地上的寄存物，它们带来的惊喜与荒凉最美

那速朽的遗留总比不朽的遗迹珍贵

孩子在春天爬出母腹，被大地寄存，他蹒跚走进旷野

经历第一个秋天，随后的秋天连续不断

童年已如圆润的瓷器，在一首老歌里开裂

候鸟的叫声从一道道开裂的缝隙溢出

爱情像被召唤的牝马，浪子是骑手

小时候，秋风吹过北温带，叶子从瓷釉中剥落

果实被一双隐秘的手摘下，贮藏

只有晚熟的山楂充满情欲，挂在枝头

我们三五成群进山，在空荡荡的果园漫游

那一刻，最大的奢侈，是因采摘而折断枝条的果树上

被发现的果实，瞧，唯一一颗

仍孤零零悬在空中

它经过春天的小谣曲，抵达夏天的牧场

似乎生不逢时又有些不舍，一切将会太晚

我对人世的爱也如对一个人的爱，留在夏天的牧场
爱情仍像牝马，回忆却在往昔的驰骋中
显出疲惫，葡萄经霜，万物闪现时间的光泽
野兽放缓了四蹄，绒毛密实
以抵御绝对的冬天，那潜伏的力量
种子被坚壳或豆荚托起，哦，最小的疼也在闪烁
而人走在光里，最后那首诗
因光的描述又呈现出虚无的光辉
世事沉静无为，就像此刻
死亡的肃穆变得崇高，阴影的美统领着大地

立冬日的柳树叶桑树叶开始落下

立冬日的柳树叶、桑树叶开始变黄落下
小雪日的核桃叶、枣叶也抱着各自的果实落下
大雪日杨树叶、槐树叶羽毛一样落下
小寒日桐树的大叶子、黄栌树的小叶子像断翅飘下
除了松树还披挂着满身的铁针
大寒日，所有树木都已落光了叶子
而人作为一棵树，人世作为一整座森林
一年四季都响着落叶滑下的声音

转年惊蛰，春分日，柳树最早发芽，桃树打苞
然后是清明里的杨树、榆树
接下来，核桃树、柿子树与枣树一起
沐着谷雨中的雨丝
人作为一棵树，人世作为一整座森林
跟松树柏树一样
一年四季总是发芽、发芽、发芽
松柏树靠近山顶，那里风硬，风更陡峭
人们也移植少量松柏到低处的墓地
那里，人间与时间的风硬，风更加陡峭
松柏树陪伴着故去的人
落叶像柔软的床陪伴着我们，新叶依旧勃发

天黑了，天亮了

天黑了，我就写天黑的诗
天亮了，我就去写天亮的诗
不过有时候，天黑了我也写天亮的诗
天亮了我也写天黑的诗
那是因为天黑了，我心里的天亮了
天亮时，我的心里又黑了
如果你看出来了也别告诉那些孩子
他们正是天黑了他们也黑了
天亮了他们也亮了的年纪
如果你没看出来，也没什么
我写什么，你就读什么
或者我写什么，你什么都不用读
你只需忙你手里的活儿，一边看着天黑了
一边看着天亮了
兔子在山里跑它们的
羊儿在田边继续吃它们的青草

粗糙的粮食，粗糙的真理

驱赶着羊群和人群，离开世代的河、土、祖坟

他们用一张愿景推进着城镇化

无论现代技术怎样发达，但技术远不是文明的全部

哪怕拜访月球如到邻村赶集

当他们在一所大房子里热烈谈论现代性之后

总还是不忘吃饭，填饱肚子

吃那些从泥土里种出来的古老的粮食

粗糙的玉米、水稻、麦穗和豆类

以及古人用命品尝出来的野草

今天，人们称之为蔬菜，在那些菜园里

犹如古典美德仍在荒野生长

就像过去了多少年

我也没看到人性里的恶减少多少，而善依旧恒在

众人的故乡

总是用每个飘落的日子搭建房屋

把白昼铺成屋顶，让它在正午高高隆起

到了黄昏，夜砌成房屋的四壁

挡住来去的风和野兽

把涉足过的路径连成线，围成我广阔的院子

栽下树，挖井浇灌

那是无花果树、苹果树，无名的花草

在漫长的时日，我活在古人与今人之间

现在，我回望往昔就像回望从前那个少年

他也曾像我这样凝视大地上的老者

那时他看到的是混沌和沧桑

有一天，当我走出房子，回望它

发现它已陈旧如一座废墟

我知道我的肉体已在不老的青天下变老

院子里，我看护的树木老得不再开花、结果

我脚步经行之处愈发狭窄，院子变小

我不得不让出远山、大河、高原、草地

我的领地将成为荒凉的遗址

一片处女地，被所有路过的人忘记

许多个世纪之后，还将有人在此重建

这是生者的大地，亡者的故乡

他们的居所，他们的院子、树木和水源

我有一把卷刃刀被人间所困

小个子叔本华强大得让我恐惧
哦，不是叔本华让我恐惧
他引领着我测度了人的深渊
自此，只有自然和自然的艺术才带给我意义
叔本华有一双洞穿深渊的目光
犹如他深不可测的独居

投水的策兰用赋格向我演示了死
不是策兰，是他的诗呼吸着死亡的呼吸
他研磨犹太人的骨灰写字
是间歇式疯狂的人类带给我不安
我只得转向乌托邦，浩大的星空，神
那里有我重构的故乡

少年起，留短髭的鲁迅就让我绝望
不是他制造绝望，伟大的爱恨铁不成钢
他的刀永恒逼近并无起色的人性
现在仍站在人的边缘，他冷峻如鹰隼
注视每个出窍的灵魂，而众人掩护着众人
完成了一场物质主义夜色下的集体逃遁

一些动物和另一些动物

一些动物不会说话但有歌声

另一些动物有语言、五线谱和琴

记录自己的荣耀，赞美少数人

一些动物没有信仰和宗教，但它们有爱

另一些动物常提到他们的宗教和爱

却随时做下最残忍的事

一些动物记忆短暂，或干脆放弃回忆

另一些动物发明文字、竹简，墨与印刷术

记下他们正话反说的历史

一些动物被另一些动物所命名

然后他们把自己命名为人

并用形容词为自己建一座名词的房屋

一些动物被另一些动物杀戮

一些人被另一些人干掉

屠夫因此得到快乐，然后弹琴或著述

他们区别人性与兽性，有时会指鹿为马

像真理羞于说出自身的影子

人整日驱赶动物，有时也驱赶另一些人

中国盒子①

封闭的日子连空气都在凝固
就像睡在中国盒子里
但不知是套盒的第几个
在盒子里，你突然想起一句话
"我们要与时间赛跑"
如果真有时间这个东西
它也根本没有跑
是你的感觉创造了流逝
流逝创造了盒子中的睡眠
是睡眠才使人们从日升日落中
发现了影子
从影子的伸缩发明了沙漏和钟
于是大地有了尺度和光阴
白昼有了深浅，时间撑起空间
而如果真有时间这个东西
它也只像空气
人们睡在空盒子里
大盒子套着小盒子，无穷无尽
就像鱼在水中游动感觉水
却无法感知水的边际
所谓与时间赛跑
不过是你与自身的影子角力

---

① 中国盒子，即中国套盒，大盒子里套着小盒子，层层相套，被西
方人喻为东方迷宫。

是你的感觉创造了世界
直到某一天你被空气呛倒
但时间仍如空气茫然不动，哪怕风吹
所有水也都来自同一口井

年轮转动

万古如黑夜，时间漫漫，我无能为力

只截取一段：一九六四年

你在干什么？你老了吗还是正年轻

或许你刚刚出生，父母年富力强

他们为欠产的土地奔波

为一株麦穗守在风里

十年后你在哪里？或许在山村小学读书

在田间劳作，在山坡上放牧

多年之后，你开始苍老，那山尚未抬高一寸

你恋爱了吗？当再一个十年来临

故乡风声鹤唳

爱情让你扭过脸哭泣

你抓紧分辨玫瑰与蔷薇，牡丹与芍药

它们关涉你即将经历的失恋

一九九四年，走过最远的路曾抵达何处

你穿过海峡、小国土，或手捧沙漠上一蓬干花

那时黎明刚刚来临，大雨间歇

新的世纪就打开了门，同一轮太阳下

太多陌生人与你擦肩

而镜子里你茫然地望着一张陌生人的脸

二十世纪第一个十年印证了这一点，所有事物

陌生而疾速，就像野苹果树的山谷

全部改种了花椒树

活在这个世界越久，反而会愈加陌生

二〇二四年你将迎来六十岁，熟人来过又走了
生疏者如同落叶在身旁滚动
就像一本书被一双手翻开
一页页，充斥年份的喧哗
几十年，年轮转动，带动数字轮辐
就像山川、鸟兽、海水、众生与你同在
它们因你的存在而存在
喧嚷拥挤又阒寂无声，万物如剪不断的影子

一部字典

一部绸布封面的字典遗失在荒野，它打开
有如春天释放出鸟、花朵与野兽
所有事物都从纸的深处复活
像复活的孤零零的词
当它合上，在某个遥远的冬日黄昏
漫漫长夜在雪中来临
无边的黑丝绸从高处垂落，覆盖雪
按照声母与笔画排序
我们也睡下并保留着一页页呼吸

每当我们谈起亡者

我们会在很久以后谈起那些死去的人
那时我们变得平静
谈到他活着时说过的话和做过的事
我们也会慨叹，或者开怀大笑
有时我们惋惜他的一生
每次我们谈起他们中的一位
就像在谈论一个依旧坐在我们中间的人
他有一副与己无关的神情
随便我们怎么谈他，他都懒得搭话
仿佛我们在谈论一棵盛夏的树
而谈论他们一群时
好像是在谈论一片秋天的树林
有时他也像大雨中的一滴水被我们谈论
而在谈论他们全体时
则像是在谈论星光下的一条河

自由的梦

人们每日的工作无非是分隔地球
筑屋，打造铁门，用石头、砖、枝条竖起院墙
在墙头插上钢丝与碎玻璃
用界桩，哦，那仿佛也是墓碑，来确定国界
用白色犁铧掀开蓝色海面，划出领海
用飞机和各自的神来宣誓领空
但每个人却在自己幽深如井的院子里呼唤和平
呼吁放弃偏见，拆除心里的藩篱
种树，架桥，修路，起草条约
管孩子们叫天使，自己装扮成圣诞老人
又张开手臂模仿鸽子，练习飞翔
做自由的梦，在绷带捆绑的天空下

九月的燕山

九月下探，山风加重擦过悬崖和草尖
我们像偶然的事物陷进燕山的褶皱
高低不平的石头上，几个来路不明的人
坐成一圈，中间是满筐的柿子
涧溪里，流水簌簌，继续磨砺着石头
山中的下午像毛边纸
我们挑拣软柿子，流水挑拣着最硬的岩石
倏忽间，我想到自己
我也常常是软的，被挑拣，捏成什么是什么
不然又能怎样
这或许也是一种顺乎自然，就像七月的风上扬
而九月的风更狠地刮过地面
一些柿子先在风里变软，交出体内的甜
但放一放，硬柿子也会成了软柿子
没什么能扛得住时光的撒手不管
现在，当我们放过那些硬柿子而靠近溪水
就着水剥去核桃的青皮
铁核桃随后被砸开
那些谷底的石头已被涧水磨光
起身望向山下，矮小的人都在哑剧里
被低矮尘世里粗糙的时代打磨着

月白风清

海风呛出一连串咳嗽之后，伊丽莎白·毕晓普
把失去看作了一种艺术
西尔维亚·普拉斯把玩着一个个小棺木似的日子
干脆她把死当成一门艺术
失物招领处的辛波斯卡也曾为失物招领处
写下过一首关于丢失的诗
就像每年一度的清明
总要完成对所有消逝之物的祭祀
我再次回到注定要丢失的燕山
那里，我们经行过的小径消失进茂盛的草丛
就像一束干柴递给灶膛的火焰，道路成就了灰烬
早年的欢乐悉数被风吹散
它们从没在日后的成长年代出现
最旧与最新的坟丘静立在荒废果园的春光里
在她们写下那些之前，我早属于丢失之列
只有逝去才带来神圣的美和长久的意义
我生命的旅途不长也不短
经历过太多拥有、太多的丢弃
是它们——先是那些拥有，然后是失去的部分——
倒逼我内心涌起隐秘的喜悦与释然
那是道路逃离风吹日晒而重被草叶覆盖的喜悦
除了替无神论者担忧外，我不再哀伤
就像再度回到月白风清的创世之初

我们曾经玩过的游戏

那时，你用破布蒙住我的眼
一群孩子便走过我眼里的黑暗
每走过一人，你就喊出他的动作
比如，指天指地的过去了
我的脑海里会浮现出
那个用手指天又去指地的人
接着你喊，拍手拍大腿的过去了
学狗爬的人过去了
抱大公鸡的过去了，嘴上画胡子的过去了
孩子们作怪，像哑剧
稍后，你会选出某人的动作让我猜
一旦猜准，那人就被蒙上眼
我们的童年、少年就这样不厌其烦
现在，这成人的游戏中，我闭眼
那自以为真理在握、敬神又渎神的过去了
那起了高楼又坍塌的过去了
那被金币与声名压成驼背的过去了
那行善又苦难加身却如暗夜灯烛的过去了
那来自时间之外
带领众人越出地球之狱的过去了
但你猜，扛着墓碑撰写史记的那位，他是谁

我们

我们的手多么干净，每时每刻在反复清洗
我们的手多么脏，偷窃、宰杀，给无辜者制造麻烦

我们的牙齿和嘴多么干净，睡前与醒来各刷一遍
我们的嘴巴和牙有多脏，咬着牙的溢美与诋毁

我们的肉体多么干净，用雨水、井水、海水洗礼
我们的肉体多么脏，凡人注定活在尘世

别太在乎那常常标榜洁癖的人吧
也别介意另一个，因曾经的过错，总觉得自己不堪

心理医生的教诲

心理医生说，我们这个行业
并不能治愈任何一个病人
在我们眼里
世上没有谁十全十美
包括我们这些医生
圣人已不在世
假如，我是说假如，真把一个人治好了
再放他回到人群里
他周围的人，乌泱泱的病人
仍会异口同声地说：瞧，他有病

野外

我们经常在野外的小路与河边会聚
我们是朋友，或陌生人
如果没有到野外去
我们走过的路也会汇聚在野外
很多小路交集到一起就变成了大路
认识我们的鸟、牛羊也会汇聚在旷野
很多时候，它们是陌生的
它们擦身而过，或打个招呼
有时会走动的事物都不再去野外
那里一定特别寂静，就像月亮刚刚死去
可出乎意料，那些不会走动的事物
也会醒过来，挪动，飞翔
它们代替了我们，在无人之处相聚
如果我们和我们熟识的鸟兽都不去野外
井台上的辘轳，山中的草药，墓地的碑石
也不再汇聚一处
那去年、前年或少年时代刮过我们的风
便会再次刮过旷野，汇成更大的风
吹过河流与山脉，吹过村庄
最后还会吹过我们
有时我们在风里，彼此擦身而过
有时我们打个招呼，慢慢熟悉，像灵魂

铁轨如针牵引火车穿越……

铁轨如针，牵引火车穿越眼前的沙漠
铁轨也是地球生锈的肋骨，穿过经线或纬线

又穿过淘金客的头骨与黄金
车厢里坐着我，坐着混血的儿童与酋长

驼背长者站在路基外，眼睛逆着光
一架客机正在我的视野里下降，尝试着陆

以便回到地球倾斜的阴影里
机翼反光，擦过隆起的大漠与驼队

我看了看表，这是重阳节下午的四点钟
无名小站里，一段废铁轨困住报废的老火车

火车、飞机画出地上匿名的十字路
日升日落，轮番照亮地球这边与那边的人

素描

在大地长年累月的雄辩中
我们围坐在一起：野兽、凤凰、海水、书卷和灯
成为自证存在的名词或动词
我们同样被听、被唤、被舀、被翻、被打开
没有谁被省略，除非他是个形容词
去修饰王位与权杖
或被赶入括号，作为另一类的备注
更多时候，我们走很多路，不约而同走到一起
我们不是对立而是对应，然后顺应着
在白天，我们低头做力所能及之事
那是人的事与物的事
夜晚我们会被领进幽暗，再一次不约而同
短暂地抬起头来
仰望一下疲惫的夜空，静听一两颗星辰把我们教诲
这是活着的礼物，也许是苦难的礼物

开始

叶子开始落下，这是另一种汇聚
春天，它们汇聚到树上和山上
现在，它们汇聚在地面，然后睡进泥土过冬
天黑了，万物笼罩在黑暗里，这也是汇聚
白昼下，它们在光里，温暖，生长
现在它们在夜光里抱团
我听到有人开始唱歌，老朋友变得稀少
像中年之后，头发稀疏
有人唱清晨赞美歌，有人唱晚祷歌
偶尔听到也有人唱挽歌
这是歌声在汇聚，它们先飘上天空
稍后，大部分会返回山谷、水边和平原上的村庄
停留在低处起伏的事物中间
让我们听到，让寒冷中的牛羊听到
极少的歌声汇聚到高处，越来越高
我们听不到
但它们却有自己的倾听者
那里，陌生的面孔像来年夏天的星空
星座的老房子成了废墟，新地基正在分头
有人开始准备早餐，有人预订了最后的晚宴

永恒的静物

——追忆诗人江南梅

飘飞的雪中，她带回一兜橘子，码进果盘
果盘摆在铺有白色桌布的餐桌上，吊灯明亮
桌边站立的她，果盘里，橘子带着它自身的枝叶
这一幅静物画里，橘子隐藏着记忆之泉
橘树、桂树、梅树、茶树丛中，你的脸庞浮现
仿佛一支歌自南方夏日升起，山冈起伏
露天大佛，山中亿年的木化石林
北侧的卧龙山、普净寺，东部的天姥山
山冈上橘园茶园，风中忙碌的人群，方言像糯米酒
而山中水潭铺展天空，静待了一百年
黄昏呈现橘子汁的颜色，大翅膀的鸟缓慢飞过梦境
自由的光盈满南方，仿佛把我领回青春时代
年轻的神延伸山峰上的白昼，银色的夜晚弯曲在水上
一切都收进这幅静物画里，而画外，大雪的北方
孩童正在嬉闹，你已故去：梅子
二十年前，我们、湖北粒子、尚冰雪
太多虚幻的网名，在乐趣园、边缘者论坛
写诗，争论，你一个南方女人，普通话
低回婉转，满是柔情，却有北方姑娘的倔强
如今你在静物里，空，却留下恒温的记忆
让我继续感受这老尘世的温暖
不朽的静物啊，铺展白色桌布的餐桌上
她把一兜橘子放进果盘，枝叶碧绿，你的脸庞浮现
她，你的好友和我，在尘世的冬天，把你怀念

影子颂

影子像一碗水泼在地上，也像一棵树立在雪中
影子撞钟，影子点燃火把
某物缺失，影子仍在，从来都是隐身者引领人们
而命名者皆为幻象
影子有时是风，卷动人世
更多时候它牵引火车与儿童奔跑，托举飞机和鸟类升天
一支笔躺在比影子更深的阴影里，被它扶起
继续在文字的丛林里播撒
影子咀嚼食物，呼吸，呻唤，无处不在
影子走在发光的路上，光芒越盛大，当它遇到岔路口
就越能同时走上所有的路，影子漫流
而夜晚，它就是瘪了的天空铺展在地面
它成了鸽子、豌豆、骡马、啤酒、寺庙的总和
是所有事物的液态和气态
那时，我走在暗处，不背叛月亮
骨子里的哀愁，日常的沮丧，逼着影子出离肉体
空气一样轻，但看起来比雾重
影子消失，鬼出现，一切的黑，一切的白，一切的黑白
影子就是时间的沙雕，它怕淡水和口水
在海边，盐使它挺立，泪成了筋骨
但它却在荒漠与冷漠里安家
我见过，它周围沙子一样被风吹散的人群
在一个梦与另一个梦之间，我也会醒来看一下钟表
这是时辰的影子，来自永恒的虚构

就像麦种与稻种

就像麦种与稻种，一千年，古老的植物
麦子依然是麦子，稻子依然是稻子
它们忽略了时间与人，兀自在露水里新生
从每一棵麦子、每一株稻子上
我看到远古的风吹弯它们
看到同一颗落日照在那时的田野上
金色光芒照亮动物、植物
也在冷兵器时代的水面上闪烁
如同战火燃烧在自然、人类与城邦之间
我不再刻意探究沉淀的事物
只要太阳还将成为每天的朝阳与落日
以往的细节就注定还会再现
当它们再次出现，我会提醒自己
看吧，这复活的时刻，开始又一次复制
像一千年前，麦子与稻子在田野摇晃
没有什么是更旧的，也没有什么是全新的

遗址

这些年以来的四季
总有雾霾浮动
我们埋怨拆迁、建筑工地
水泥厂、轧钢厂、露天采石场
疾驰的车辆、路边摊
乡下取暖的燃煤炉子、灶膛
郊区那独一无二的烟囱
但两天前，当一座城被封闭
只有医生飞奔
一座城就成了一座空城、一座遗址
想想，你想想，你想想吧，遗址
可雾霾还是像病毒
或者说，雾霾与病毒一起
漫过光光的街道、悬崖似的楼群
窗帘后躲不掉的阴沉的脸
黑树、空巢、移动公司的铁塔
想想吧，你再次想想
那软体的魔鬼，爬自哪个瓶子
在这新世纪：印度尼西亚的飞机
掉进大海，某国新旧总统
将移交核按钮，更多国家停摆
天下滔滔啊
整个地球犹如崭新的遗址

远方的海水

入冬之后，公交车上
常有年轻人让座
使人温暖
又感觉人家是在逃避着什么
比如我的老
比如旁观者的目光
而在火车或飞机上
碰到的同代人大不如前
从前吧，是那么多
证明我们开始老了
我能听到远方苍老的海水
跳到悬崖上呼喊
我也大声嚷嚷：我是在假设一个冬天
路过的人却告诉我
寒冷却是真的
到了尽量少张嘴的时候了
无论说多少，其实全都是废话
但我还是羡慕
心里揣着小兔子
或胸前有两只小兔子的人
他们以及她们仍活蹦乱跳
在夏天干净的草地上吃青草

杀手与演奏家

杀手用下颌与肩膀抵住那把狙击步枪
仿佛音乐家开始演奏小提琴

他瞄准了一只巨大的乌鸦。如果在白天
有人会为一群鸽子而演奏

但杀手面对的不是鸽群，是一只乌鸦
悬在山顶的乌云

穿透古老的空气，子弹射进乌鸦的子夜
黑色羽毛纷纷落下，把他遮蔽

如同乌云碎成细小的雨丝
淋湿无边大地和大地上的杀手

狙击步枪将被人拆开，放入黑盒子
就像闲置的小提琴，被藏入琴匣

就像那个杀手被记忆所铭记
在未来的早晨，在晴朗的高处

遍地的盲人都会听到
小提琴仍在演奏，鸽群将反复擦拭空气

在苦难重重、不死且忍耐的白昼

我幼小的心灵中，有这样一个人
一位遣返回村劳动改造的青年教师
一大早，他要独自扫完寒冷中的街道
当他累了，就会无声地抱起扫帚，跳起舞
那是双人舞，也是单人舞
在天地之间的舞台上
西挂的冷月是他一个人的马灯
那时世间万物还在酣眠
而作为值日生，我正走向山丘上的小学
我要早早点火生起教室里的铁炉子
而多年后，我慢慢变老，又遇到了一个人
疫情封闭，偶然走在死寂的城市
我第一次体会到
如果白昼空无一人也能带来巨大的恐惧
好在转过街角，终于看到一个身穿橘红马甲的人
他一边清扫大街，一边吼着河北梆子
就像一个尽职的幽灵为地球喊魂
在苦难重重的大地上
在不死、忍耐且无人的白昼里

马路

你所看到的只是一匹马，它踢踏着跑过
而一条路也只是一条路
但当一匹马，加上一条路，就被叫作了马路
那时，你可以骑在一匹马上遥望一条路
也可以走在一条路上，看草地里那匹吃草的马
还可以骑着一匹马走在那条路上
就像你被命名，穿上衣服，你的来历装进档案袋
人世之爱如磁石，使你与世界发生了粘连
从此，你就是一个存在着的人
你活着，走动，说话，上床躺下
或者放弃名字，你就成了另一个人
一个重新失踪的人
那时马不再吃草，路荒芜，你倾听草根穿透泥土
顺着草根、树根，顺着泥土的缝隙
你能听到地面上的人在谈论你
你是这样一个人，你也是那样一个人
你是一匹马，也是一条路
在这无可名状的世界，你祈祷，你信着
在那无可名状的世界，你被祈祷，或被信着
你骑在马上，你也走在路上
更多时候，你被命名，住进名字和档案里
走上一条名叫马路的路，行经曲线或直线，穿过隧道
从白日的爱，到夜晚的恐惧

走在我前边的男人

一大早，走在我前边那个戴口罩的男人
一边走一边低声哼着歌
他根本不看路面，也不看左右，他在自娱自乐
我在后边跟随
我想，如果他一直在我前边哼着歌走下去
我就会一直跟随下去
但是他在体检中心的门口开始拐弯儿了
我还要继续走下去
我会继续走下去
我也哼起歌，我悄悄回头看了一眼
发现有人也在跟着我

没有土地和草原的人

有地的人，总是朝向他的土地
打下五谷杂粮、水果蔬菜，以安顿家人
有草原的人他朝向草原
那里有他的鲜花、牛羊与马群
我这个没地、没草原，以地球为家的流浪汉
我朝向幽暗的内心，它广博而无限
那里有完整的人世和一片大海
居住着过去年代里我的兄弟，那些年轻的水手

人类的伟业

我在群山合拢的地方活过每一天
山水慢慢改变
当我在山顶眺望，山那边是更高的远山
长城横亘蜿蜒
近处，黄昏弥漫
数不清的烽火台仍静观四季人烟
地上遍布诗词文章，颂祝传说里的英雄
茫茫虚空飞过隐形飞机
侦察卫星与电子信息携带人类的秘密
平屋顶、斜屋顶的庙宇坍塌成无神论者的废墟
神的家也必须要反复拆迁
从古到今，放眼望去
地球上处处都是人类傲慢的伟业
不过，这烈烈伟业
几乎全部用来提防人类自己

南山

夏天的南山隔一阵就传出沉闷的敲打声
像有人在不停地砍伐
又仿佛是两件空心铁器在相互敲击
老木头碰撞老木头
当那声音传到我耳边
就变成了一连串空洞的回声
每年夏天我都坐在打开的窗子前读书
我会从书本里抬起头
反复寻找制造声响的人
却只看到南山上茂密的松树、黄栌树、榆树
从没看到过那些人
最终我也没弄清谁在敲打什么
在那些已逝的漫长的下午
鸟总是拖着自己的回音在南山里飞

马馨琳

马馨琳是个高龄产妇
当她在妇产医院产床上待产时
她妈妈正在另一家医院，生命垂危
婴儿降生的那一刻
做了妈妈的她疼得脱口喊道"妈妈——"
她妈妈却告别了人世

当小女儿第一阵哭声响亮地
传到她耳边，她也无声地哭了
大颗眼泪顺着眼角滴落
这泪水一是为了至爱的母亲的死
一是为了亲爱的孩子的生
也为了这冥冥中合二为一的神秘时辰

羊们擅长回忆

必经多年之后，我才敢试着判断

羊这种动物擅长眯起眼回忆

一边啃食、咀嚼晃动的草尖与坚实的草根

一边陷入此世与前世的温情

这才有了发自骨头的温柔细腻

那连绵的回忆就像整片原野上的草叶

喂养它们在屠夫话语权的人世长大

而狼永远活在当下，狼对回忆不感兴趣

狼群一边舔舐着带血的嘴唇

一边警觉地盯住前方

即便回忆，它们也只记住往日的仇恨

与狼和其他野兽、家畜比起来

一些人更爱公羊、母羊

他们喜欢活在以往人、事的美好里

生性温和、温润但并不懦弱

而温润恰是玉石的一种善，佛陀的一种美德

多年之后，我才敢试着如此判断

富于温情的人，总沉浸在过去的温暖中

而无情残暴者，犹如地平线上的狮子

磨着牙，总被心底的仇恨点燃

一只狮子就是一簇独自吼叫着的野火

一群狮子则是一场滚过大地的灾难

夏至日的下午

夏至日下午，我和树木的影子矮了许多
与身齐平的时间被风一层层卸掉
如果风继续刮，我将继续矮下去
而树木却继续生长，直到死亡的高度
树上隐形的钟表也越走越慢
秒针、分针、时针搅碎的时光粉末
塞满了钟表的玻璃房
直到它们像沙子把钟表堵死
从此天开始变短，夜开始变长
在这逐渐变短的下午，我在我的林子里
等一个从书里走出来的木匠
一个好木匠只需一个下午就够了
一个好木匠带来几个笨徒弟
木匠经过的树木被他挑选，做上标记
徒弟们扬起板斧开始砍伐
这个世界只有木匠和他的徒弟
他们看不到矮下去的我坐在新树墩上
这是一个木匠的下午
也是一群砍伐者的下午
木匠与徒弟将再次返回那本木浆纸的书中
森林再次回到寂静
崭新的钟表在年轮里走，风在树梢吹

灰烬的意义

恨一个人时，人们常说
即使他烧成灰，仍会被人认出来
其实爱一个人也是
即使烧成灰，仍能把他认出来
人的一生早晚都要化成灰
只是更多的人成了真正的灰烬
既没被爱过，也没被恨过
如同轻风吹过，白来一趟人世
而时间的痕迹、历史的痕迹
只能从深爱或大恨之人的灰烬中
被辨认出来

落日诗

有人每天坐在燕山顶峰看日落

没人知道他的名字

家居何处

我不认识他，但总听到他的传说

他只看各种各样的夕阳

沉入群山和暮霭

他看了几十年落日

写从不公开的落日诗篇

他也不在人群里走动

只活在传说中

他不写朝阳、飞机和星辰

只写滚过头顶的暮色

每一天都会让尘世最后那缕光

照亮他泪湿的脸庞

等待燕山被夜晚收走

信

耳朵不好用就不再打电话
两位老人改回写信
写信是他们年轻时代的习惯
现在兄妹俩在信里
说着说不完的家常和亲情
想想吧
两个戴上花镜的老人伏案写信的情景
一南一北
大约两个月往返一次信件
我岳母八十五岁
十七岁支边去了青海
中年后跟我们住在老家河北
她九十岁的哥哥
当年随军南下
定居南海边的广西钦州湾
南北五千里，上下近百年
八十七岁那年，哥哥北上还乡
临别对妹妹说：
这可能是我们最后一面

小镇博物馆

那个拐腿的人熄灭全部灯盏之后
博物馆重回黑暗时代
那些孕育过遥远年代、如今早已闭经的古物
像离群索居的寡妇，死心塌地蹲伏着
却暗藏一颗母老虎的雄心
每当黑暗重来，它们就显出羞涩与激动
透过小小的水晶罩子，用古方言私语
像野蜂的嗡嗡声，甜蜜的小夜曲
那些静物更适应黑，以便让自身的光显现
那是它们各自年代的回声
只有拐腿的管理员才会看到，熄灯之后
博物馆里低悬着静物的蓝光
而博物馆外，人们习惯赞美新器物
早早睡进夜晚的天鹅绒
梦见芳香的树下母老虎也在打盹
一旦早晨到来，拐腿人准时打开博物馆
门里的寂静使他停下脚步发呆
他看到博物馆大厅散乱着光的遗骸
他迟疑着，仿佛开门之后
静物会愤怒地冲破今天逃回古代
——光辉绚烂的大地

三重奏

妇产医生从不化妆，也不滥用修辞
但依然是诗，像安静的河谷连着源头
对于她们，我从不刻意制造能指与所指
有如她们也从不区分灵魂与肉体
这些灵魂的摆渡员，肉体的接驳车
就像产房总使我想到花房
这使我想到对神示与俗世的赞美
但赞美出生，不如赞美一次新生
这是复活的时辰，绽放的时辰
疼痛使女人发光
而婴儿头颅始终悬空朝向地面
请忽略血和止血钳、药棉、麻醉剂
血压测量仪以及绷带，也请忽略胎盘
倾听孩子的第一声哭啼
剪断脐带，像果实投向大地
血脉在泥土里呻唤，仿佛钢琴曲
无论五月，还是十月
那架钢琴只在旷野上弹响
露天琴房里，每个饱满的日子都是产房
孩子匆匆赶路
他用十个月才走出母亲的身体
他还要继续走几十年
才能走出母亲模糊的视线
所有女人也在赶路，奇迹始于妇产科

就像歌者与她的歌剧院

在源头，在幸福河谷

产房、琴房与花房的三重奏

冬天的小镇

小镇的冬天越来越冷

人们走在街上，袖着手哆嗦

没有一间房屋可供居住

也没有一个人在建造房屋

或将要建造房屋

没人打算找回丢失的棉籽

或到山上拾柴

没人盘下炉灶，也没人保存一星火种

更没人点灯

去察看往日的温暖如何变成寒流

没人跑到大雪覆盖的路上

试着打听春天的消息

所有人都感到冷

所有人就只剩下冷

布谷鸟叫了

布谷鸟又开始叫了
在树上，在河边，在我们村庄的上空
在燕山，在河北，在外省
我翻开许多世纪以前的诗，一路翻下来
一路都会听到诗中布谷鸟的叫声
我也多次把这叫声写进过诗里
我想知道，我所听到的叫声
与多年前古人听到的叫声是否相同
在布谷鸟眼中，改朝换代
可它们的叫声从没改变
就像自古以来的诗篇，无论世事如何翻新
诗都是那只往来于天地之间
呼唤春天的布谷鸟的叫声

那么美的事物

我看到圆月出东山，宁静地升向银河
星群像秋天的银杏叶缓慢飘向远方
仿佛一只银亮的海兽拱出海面
海兽的脊背分开了海水
落日下的浪花与海兽的脊背那么美

月光照着苍老静谧的虚古镇
也照着我对面那个熟识的女孩
一阵清风吹开了她的裙裾
她浑圆的膝盖慢慢地露出来
初秋的风、她滑动的裙摆和她的膝盖一样美

那时我妈正顺着斜靠梨树的梯子爬下来
她篮子里盛放着黄色的梨子
那些浑圆的梨子泛着光
篮中的梨子、女孩手中的梨子
以及我抚摸的梨子都那么美，哦，离别也那么美

而雨天，所有的往事都将慢慢涌现
当我坐在前廊，东邻的木匠在锯木头
西邻的篾匠在织苇席，我看着雨在西山上敲打
雨雾中的小路蜿蜒着，通向山顶
它两侧滴着雨水的深草，被疾风分开

白石头小路在雨中露出来
而平时躬身走在上边，却一直被我忽略
空空的群山、无人的小路是那么美
就像我能回想起的往事那么美
所有事物不再含着人类的意思时，就会特别美

手风琴之歌

（2018—2021）

被时空隔开的人

被时空隔开的人
像一座山隔开的国家或部族
各供各的神
那样隔开的两个人也各走各的
错过了就永不再照面
但一束光也许会洞穿时间，使空间明澈
使相隔千年或万里的人走在一起
比如两千年之遥
佛陀与智能化时代的弟子们
仍在清晰地应答着
荷尔德林与海德格尔相隔半个世纪
却常在阳光投射下的黑森林散步
在群峰涌动的燕山
有一条自东而西名叫还乡的河水
它短暂得只属于短暂者
我常沿暮晚之河独行
经由身边的人世与流水
那时还乡河正逆向大地的清晨
而晦暝又现代的人世却滚滚向前
有人跨过往昔或未来陪伴我
但我不能说出，诸多家一般的隐者

我有三拜，我有三哭

出生时我曾有三哭
那时，我与天空、土地、河流
签下了此生的约定
现在，当我离开
我有三拜，亦有三哭
那是与最初的万物做最后的告别

第一拜，我仰望山峰
群峰之上，蓝天辽阔而汹涌
年轻时曾结伴登顶
大风托举着，我离神最近
而此刻再也爬不上去了
曾经的荣耀和满足只存于记忆
让我洒下酒水，拜一拜
跪在山下庙宇的遗址上，哭一声

又一拜，拜向山间果园
层层向上的梯田，敞开给阳光
埋着我的脐带
也安息着我遥远的先人、最近的父母
他们化成光线、花草、百鸟看着我
唉，活着终有这别离一场
那时，蝴蝶仍飞在草尖
但此地将重归洪荒，再无人祭拜洒扫

就让我洒下酒，深深地弯腰一拜
跪在黄土上，大哭第二声

这第三拜，拜给眼前村庄的废墟
水土环绕，但村庄已空
我全部的童年、少年都在这里
第一行脚印被风吹去
早年的树木、牛羊、亲人，影子一样
没了踪迹，我亦如游魂
让我洒下最后的烈酒，拜一拜
跪在碎瓦、尘土上，哭这最后一声

复活

有一天我把败落的村子原样修复

凭记忆，各家的房子仍在原处

树木也原地栽下，让走远的风再次吹向树梢

鸡鸭骡马都在自己的领地撒着欢

淘净水井，贮满甘甜

铲掉小学操场的杂草，把倾倒的石头墙垒起来

让雨水把屋瓦淋黑，鸟窝筑在屋檐与枝头

鸟群在孩子的仰望中盘旋在天空

狭窄破旧的街头，洒满阳光或浓荫

小小十字路口，走街串巷的叫卖声再次响起

把明亮的上午与幽深的下午接续好

再留给我白昼中间那不长不短的午梦

当我把老村庄重新建在山脚与河水之间

突然变得束手无策

因为我不能把死去与逃离的人再一一找回来

我看到一头黑牛走在晴空下

我看到一头黑牛走在晴空下
它驮着自己的肉身走在草地、乡间路上
就像多年前，走在我的村庄那样
它理所当然会走在我的村庄，这也是它的村庄
也许我只看到一头黑牛的牛背
摇晃在晴空下，它有两只短短的牛角
使劲分开春天的空气，走在多年前
村庄狭窄的街道和开阔的田野，像个守土的武士
或者我看到的只是牛的四条大腿
四只时而悬空、时而踩进土里钉着蹄铁的牛脚
这使我想到十三岁那年的麦假
我牵着一头黑牛，它拉着一架耕犁
父亲躬身扶犁，母亲在犁铧掀开的垄沟撒下玉米种
就在它回身深耕下一垄的瞬间
它带铁的蹄子把我的脚深深压进了软土
抑或我并没有看到一头牛，我只是看到一群牛虻
在河边嗡嗡飞着，它们在空气里留出空白
那恰是一头移动的牛的轮廓
我看到，正是这只空兀的牛，牛虻围着它
缓慢走在北方的晴空下，吃草或饮水
像古老的农耕之神从已逝的时间里还魂

马儿与信使

当然记得少年时我养过的那只小马驹
尽管记不得那时我自己的样子
后来马儿死去，它的毛皮与骨架
埋在河边草地，马蹄声被风埋进了烟尘
它的精魂却附在我身上
一匹识途老马，跟了我五十年
每天驮着我逐渐松垮的肉体走南闯北
如今它却迷了路，不知怎么走
路标被雨水冲毁，路径也变了走向
我也记得有个少年把他此生的第一封信
交给了我，我就是那骑马的绿衣信使
信件一直带在我身上
但信封上收件、寄件的地址都已模糊
收件人、寄件人也已不在人世
我和我的马还走在老路上，正在老去
仿佛无家的人，既回不到原点
也抵达不了那封信终生期待的地址

我说停，我说岩村

对着地球仪，我在城里做游戏
我让所有国家、有争议地区和公海快速旋转
把食指点在转动的地球上
我说：停。我说：这里是岩村
地球就停在我手指下
而手指按住的准是故乡岩村的经纬线
仿佛那是个焊点
当我说针叶林，我的指尖
就按住了岩村山上的松柏树
我说阔叶林，就按住了河岸两侧的大叶杨
只有一次，我说停
手指却点在了散布山中的乡村墓地
尽管那里也属于岩村
那里却是跟随星空、大海和驼队转动的一角墓地
那里没有活着的人，也没有牧群
那里是我死去的童年、少年，故去的父母
那里何其荒凉啊
终有一天，当我们都将不在
而宇宙仍如凌空的大鸟
展开双翅护佑众多星系与星球运转
它的永恒存在对短暂的我昭示着什么

途中小镇

山脉从西北围拢而来，怀抱小镇
长途车抵达后无路可走，卸下我就要转身
向北爬过山，过一条河，才到我的村庄
十三岁在小镇住校，每周蹚开青草往返一次
后来到平原的中学，月末才踏上归程
山地谷物金黄，豆荚爆裂，秋风吹送芳香
很快，远处一座城，城里一所大学
半年北归一趟，依然绕不开小镇
翻过山去，翻过山来，之后，定居省城
回乡少了，念想多了，一晃几十载
少年、青年、中年，总要翻越这座山
山上果树茂密，树木间长满百谷
兔子追赶野蜂，大雁飞越群山
苹果花像雪，黄栌树像火
我凝视，鹰借助风的丝绸一动不动悬在晴空
远处，一座更高的山上住着雷达兵
从来如此，小镇出口，总聚着一群人
当我还是少年，他们就在那里，聊天或争吵
我能认出他们每一个，他们却不认识我
现在我慢慢老去，早年那些脸庞全都落上尘土
那里，山脉拔地升起，白昼陡然升高
我爬山下山，有时也走夜路
星光下，幽暗洪荒里弥漫万物的声息

活着的人席地而坐

刚在一本旧书上读到陌生人写的一首我喜欢的诗
他写一群人干完农活,风正吹过远近的草木
朋友们席地而坐,在地气奔涌的土地上大碗喝酒
这使我想起,自古以来我的村庄
只有一种情况可以在露天的土地上畅饮
当强壮的男人们赶在午时之前
为刚刚亡故者挖好墓穴,他们被允许坐在新土上
阳光晒着裸背上的汗水,无须悲伤地举起酒杯
当然还有另一种情景,清明或某人的祭日
乌鸦围坐在四周的树上,活着的人把酒菜摆在墓碑前
一边看死去的故人轻烟一样自斟自饮
一边旁白似的叨念着往事,提醒阴阳相隔的人

我们这边人们的活法

天黑得发亮时就被称作漆黑

漆黑的夜晚，山里尚未通电，星星显得特别大

当我们走在星光下依次告别

没有一个人说晚安

只是互相提醒，天不早了，去睡吧

那时，我看到悬在天幕上的翅膀显得疲倦

它们会依次下降，下降，把自己的披风

摊开在葡萄架、河面或草地上

在白天我们也不会说早安与午安

我们会互致问候：吃过了吗

然后结伴奔向田野，后边跟着

我们的女人、牛马以及幼小的孩子

碾坊

站在村庄荒凉的废墟上，恍若梦境
我看到一盘石碾露在天光下，碾坊已坍塌

知道我想到什么吗？多年之前
这里昼夜不断人，一户接一户，排着队

等待碾压粮食，无非是玉米、生薯干、高粱
轮到我家，往往是晚上，白天父母去田里

无论多疲累，父亲总是在前，抱着榆木碾杆
一圈圈推动石碾，母亲跟在后边

用小笤帚归置碾盘上的粮食，而我像个小动物
坐在碾杆上，仿佛坐在父亲怀里

他推动石碾也推着我，就这样，整个晚上
碾碎的是五谷杂粮，也碾碎猪、羊、麻鸭的饲料

我会在一圈圈的转动里睡去，当我醒来
却躺在自家的土炕上，已是中年，窗外是新的一天

这就是那时农家的日子，现在，所有人的日子
也是如此：单调，劳累，煎熬，年复一年

走在永无尽头的碾道上，转来转去却仍是原点
犹如劳役中的牲畜，套着缰绳、枷锁，失却温情

石碾转动，日子转动，永不停息的旋涡，漏斗
孩子，土地，心愿，一口饭和小小的尊严

小叙事（二）

小镇离老家三十里，山路，恰逢集市
没有迷迭香、鼠尾草，也要停车
露天下，五颜六色的山货堆满摊位
货主与买主，天生冤家，哦，先借口水

阳光照亮油画似的静物，我面前
苹果、秋梨、葡萄，显然才刚刚摘下
我想，翻过山去，不到一个时辰
就到了亲人的墓地，他们生前栽培、剪枝、采摘

现在我要带些回去作为祭品，抚慰必然的虚无
刹那间，复活的往昔飘荡植物的气息
我挑选着，与摊主，一个妇女讨价还价
这是我的心理，却是卖者的习惯

女人的职业性，使她赞美自己的收获季
"早晨才从果园摘来，没有农药，露珠还在"
汗水湿透了衣服，笑一笑，牙齿很白
散乱的头发，肉体撑起T恤，脸有二分黑

付钱时，她显出惊异，盯着我
口吃、笨拙，一个字一个字，吐出我的名姓
我凝视她的脸庞，迟疑，依旧不敢确定
她是谁？在这异乡偏僻的山区小镇

她小声报出自己芬芳的姓名，太遥远了
稍后，还是把她与四十年前的少女合二为一
她的美丽曾走进我的梦境
就像小马驹走进一片浅河滩或一片细柳林

而如今，在异乡，如两件旧物，不敢相认
有人说从没见过时间的模样，但时间又曾漏过谁
一生，美与爱最初的原型永久沉睡
我们的父母，也已在另一片往事的山谷沉睡

旧事

蓖麻、苘麻和黍子都是古老的植物
它们的种子沉睡在尘土里，胚芽已死

使徒、侠客、义士都是苍老的人
他们活在墨汁里，前生的位置让给了茫茫之气

托孤、高山流水、露天下写信都是古老的情景
行这些事的兄弟只剩下背影，我还指望什么

星星低垂，火镰取火，泥炉煨酒，旧事藏进了琥珀
我曾拥有，现在呢，像思念父母却再不能团聚

水库下的村庄，河套故道，锈迹斑斑的战场
都是灵魂的家园，如今每到晚上，还能听到马蹄嗒嗒

就像月亮感受到寒冷，卷起光线抱紧自己
我不是圣人，无光可发，我只用手臂抱住我的肉体

大地上的行走

小时候最喜欢去大姨家，夜明峪
早饭后，从我们岩村出发
妈妈走在前边，我跟随
我们的矮影子贴在山地上，拐着弯爬坡
太阳在天空直直地爬坡
日过正午才到那个小山村
而从夜明峪返家，总在午饭之后
到家天色已黑。现在乘车、飞机
无论行程远近，几乎朝发夕至
常常慨叹，怀念往昔那些旧速度
但有时，我会想到古人
应该与我和妈妈的速度一样，他们
要么骑着驴子，与动物、植物一路同行
要么背着笔墨诗囊，风餐露宿
脚穿布鞋，徒步苦吟
经行我至今尚未到过的地方
从一个国到另一个国，从府到郡
到州县，到村镇，从一棵树到一眼井
躲避战乱，或寻亲访友
所到之处留下足迹、宿醉，传说与诗名
走的路比现代性的车轮更多
从故地到异地，从山到河，从琴到鹤

绿皮火车

十八岁的大男孩第一次坐火车

这条菜青虫，脑袋喷着烟

长长的身子爬行在铁轨上

黄油漆刷过又旧又脏的木头座位、行李架

曾在四十年代老电影里出现

十五个不同县域会聚而来的中学生

牛犊一样观察车里的陌生人

那些人说着唐山话、东北话，进关或出关

车窗外，向后移去的

是唐山、古冶、滦县、昌黎、抚宁

以及唐山古冶滦县昌黎抚宁的田野、绿地里的红旗

白色大字标语的低矮农舍、马车和人

傍晚来到海边，落日尚未沉没

火车倒像要冲进海水，传说中的北戴河海滨

莲蓬山下，海面浑圆隆起

整整七天，我第一个文学夏令营

睡梦里的火车，车厢通宵摇晃

1982年，剧变中的夏天

《加里森敢死队》反复在小录像厅里播放

新诗潮、金庸、邓丽君、土地包产到户

村革委会一夜之间换成了村委会

什么和什么，都开始在鲜嫩的阳光中起跳

物价与薪金比赛，崔健与火车加速

我也跑步进入身不由己的成年

低语

世上无论哪一种语言，哪一个人种

当人们想念或求助于母亲

发音都大致一样深情

而我听到过羔羊的叫声：妈妈，妈妈

它们不断地叫着

清脆，干净，像山溪奔出山谷

随着小羊的轻唤

草在春天长出来，迎接风

我又是怎样藏进高起来的草里

跟我妈妈捉迷藏，一边吃着羊奶①

一边长大。如果感恩时刻来临

无论哪个人种，眼里都会蓄满

世上最洁净的液体，双膝跪在地上

轻轻低语，我也会从跪乳的羔羊眼里

看到羞涩的爱的涌流

一旦大悲恸笼罩，我们空茫的眼神

望向头顶，妈妈就是天

内心会喊"我的妈""我的天"

而在乡村，我看到过一只羊崽

与它被牵向祭坛的妈妈告别

它们泪眼相对，除了刀尖剜心似的召唤

不再求助身边任何一个人

而苍天与神不动声色

———————————

① 作者婴幼儿时，养母一直饲养一只奶羊并用它的奶汁喂养作者。

平静

那一年有个大风的深冬，我不满三十岁
风回荡在燕山，万物在夜里战栗
我听着风声，感受风摇动我们的老屋
像摇动地球上唯一一棵树
身旁是年迈父母匀称的呼吸
那时，我们有贫穷却温馨的家
三口人，火炕，一座月亮下的老房子
我想到，我的出生日也在深冬
而在不满三十岁的那个返乡冬夜
我躺在炕上，大风的中心
听老去父母睡梦中的呓语和呼吸
不安地想，人会怎样死去
现在，我的双亲都走了，大风却没有停
现在，又一个大风的深冬，我越活越像个孩子
独自躺在群山里，但已平静
黑暗里，父母走后留下无边的虚空
陪伴我多年，我已习惯
这中年的虚空，我独自呼吸
以及灌满黑暗的大风

手风琴之歌

——献给一位我少年时代的乡村女教师

那个旧时的姑娘身背旧手风琴走在旧时的街道上

怀着那时的爱情，秘密的爱情刚刚得到回应

她唱着那时的老歌，踩着那时的步伐，像踩在老鼓点儿上

她越走越快，越走越轻，穿过成队放学的孩子

孩子们也唱歌，白白的牙齿，明亮的嘴唇

他们系着红领巾，晃动小小的脑袋

她和他们成了一伙，穿过朴素的木匠、泥瓦匠

以及铁匠、篾匠、镉锅匠

穿过牛羊、田野、湖泊、树林和干净又贫穷的村镇

不一会儿，她和他们就飞了起来

像他们的歌那样飞，她的白纱巾她的白云

像她秘密的刚刚得到确认的爱情

现在，她把琴挪到前胸，像抱着一捧盛开的花

在植物与动物的上空，拉响了手风琴

像她的琴音和大地的鼓点儿，像她的青春

她开始在蓝天上飞，成了那个时代唯一的抒情诗人

姐姐①

我也有亲姐姐，只是没见过
也许见过，但没记住
生下一百天我离开了他们
我改姓，他们还姓贺
肯定有个亲姐姐，但我没印象
她还活在世上，跟我一样
五十余年，这尘世有多少人降生
又有多少生离死别
我们还活在人世，这是幸运
但从没相见
那么多人在找失散的假妹妹，我只找亲姐姐
每次遇到贺姓人
有枚针就扎我一下
我的轻唤是弃儿微弱生命的回音
我有一个亲姐姐
我多想见到她
虽然我现在姓韩，她姓贺

① 作者本姓贺，兄弟六人，排行第四，另有一个姐姐。作者出生一百天时被韩姓养父母抱走。

重回夜明峪

重回夜明峪是在又一个世纪的秋天
大姨和大姨夫都已去世，表哥们也已搬离
少年时的熟人不再相识
遇到一位九十岁的老妇人
说一口四川话
我想起，那时她还是中年
早些年跟着南下的丈夫
回到冀东深山里的夜明峪
不久，丈夫又奔赴朝鲜
再回来，他已浓缩成一抔骨灰
她没有改嫁，也没回老家
一个数千里外的女人，住着石屋
种着几块散乱贫瘠的山地
中间围着一座孤坟
她独在山里生活，九十岁
风趣的四川普通话，身体健壮
她回忆早年，包括我幼小时的情景
竟如此清晰
但她从不谈起远在蜀地的家

黄昏峪

回岩村要穿过一个山谷
和一个叫黄昏峪的窄条形村子
那时我们叫黄昏峪公社
后来叫黄昏峪乡
再后来撤乡并镇，又叫回了黄昏峪村
一所特别小的白色卫生院
一个蓝色派出所
一口井，井台上总围着绿色槐树枝
一家褐红色烧饼铺
一个男傻子白天晚上对过路人张嘴笑
从东向西去，会走到还乡河边
从西往东，会走到明玉的小姨家
他小姨夫是个军官
那年跟越南人打仗时
战死在云南前线

逝去之路上的马群

那些走在逝去之路上的马群
十几匹，每天还在我眼前晃动
在河边稀疏的杨柳林中，它们吃草
渴了就独自或结伴踩进浅水

黄昏时才被吆喝进生产队的畜棚
小马在后边跟随，起伏不平的街道上
所有的马儿肚子圆滚滚
就是在那时，人们总是指指点点

他们喊着每匹马的名字，谈论它们
反复说起某匹母马怀上的身孕
当然也清楚儿马降生的时辰
而我就像一匹小马，不会知道得更多

每当马儿现身村口，人们就会
闪出一溜通道，一天即将结束
放学后的我们三五成群追逐
骏马和小马，使劲摇头，打着响鼻

刚蹚过河的身子还湿着，毛发闪亮
常把水滴抖落到街道的碎石上
浑身蒸腾，粗大的鼻孔喷出粗重的热气
它们扭头看看我们，或者径直离去

朝向落日，仍走在已逝之路的余晖中
它们经过我，光滑的金色脊背缓缓逆行
农闲了才整日闲在草地或河边
更多时候，驾车拉套，在遥远的年代

核桃树的叶子落了

很多年了，这座城市有一条街，两旁栽满核桃树
燕山里的核桃树挤满山谷

城里的核桃树叶落了
落在红砖、灰砖砌成的甬道上

山里的核桃树叶也落了
落在谷茬地、豆茬地、枯黄的撂荒地

上学、放学的小学生围着红领巾，排着队
书包斜斜地晃动，他们跑来又跑去

而山里，野兔、雉鸡和羊群低头嗅着草根走过
风卷起黄土末、干草与核桃树叶

现在每个工作日，我都走过那条街
核桃树总是把干树叶扑在我身上

四十年前，每天放学后我都摘下红领巾，叠好
来到山核桃树下，跟在亲爱的父亲身后忙碌

这是城市的初冬，阳光照着匆忙的人
这也是燕山的初冬，那里越来越少的人再提起我

乡间路

父母在，隔段时间，我就要回一趟乡下
无疑，作为地标，这里是地球的中心
下了长途车，向西穿过一段窄窄的乡间路
两旁是庄稼，高的玉米，矮的芝麻大豆
奇怪，每回第一个碰到的都是同一人
起初遇到他，还是个壮劳力，偏西的太阳下
他威猛，骨架粗大，皮肤粗糙，穿着随意
当我走在小路上，他会突然钻出青纱帐
有时挎着柳条筐，有时牵着一匹马
而在冬天，雪落原野，第一个碰到的也是他
冰河与秃山之间，他赶着羊，脚下是麦田
麦苗钻出冻土和雪，羊低头啃着
而他卷上一支烟，看着远处落光叶子的树林
树林后边，河对岸，就是我们的村庄
就这样，每次返乡，看到的第一人准是他
慢慢地，他成了邋遢的驼背，不再年轻
我需大声说话，他的耳朵也不再灵敏
风在我们之间穿梭，带走我们身上的灰尘
如同穿梭在两个正在流逝的口子之间
他看着我长大，我看着他变矮
直到我父母离开人世，地球的中心又有了新地标
而那条乡间路也将在未来的某一天
被荒草覆盖，此地人烟稀少
没人记得从前小路上，走过我父母、他以及我

愧疚

多年前，父母走时，那么穷，我也那么穷
有一天，微信发来儿时伙伴的一句话

"打工真不是人干的活，终了还不一定拿到钱"
我装作没在线，哦，这贫穷的友情

听到老家有乡亲受委屈，我也只能低声安慰
不然呢？待我如亲弟弟的表姐身患重病

她在遭罪，可我无能为力，姐啊姐啊
对不起，无奈的何止是这些——

当我们成为没有名姓的古人，谁还惦记
睡在深山里的父母，那些祖宗

据说，百草坡水库要扩容
所有人都要迁出山外，此后清明空空……

甚至对那些打过滚的久违了的草地
那些藏身的树林，我都因想念而愧疚

说什么诗人，这就是他们身处的日常
对生身之地和疏离的爱，他远远地低下头

事实上，众人都活在煎熬里
他也是个在宿命里养命的人：深深的不安

陪伴他近四十年，写着力不从心的句子
只试图以想象的力量抵抗现实的无奈……

大雁

那时在乡下总能循着雁叫声或爸爸妈妈的指向
看到雁阵高高地飞过燕山，飞过还乡河
飞过正午的火或傍晚的长庚星
它们比我逝去的日子更邈远
现在，已好多年，再没听过它们辽阔的鸣叫
当然也没再看到过它们的身影

我住进了城，再没人指给我看
我甚至怀疑它们从来就不存在
就像怀疑那些指引我看的人也从没存在过
它们从没飞过我的头顶、燕山与还乡河
就像我所有逝去的日子，没有一天属于过我
就连此刻的我，也像是从没有属于过我的时辰

心灵之约

母亲走了几年后，轮到父亲离开
当他们走了多年，我重回这里
看到太多他们亲手培植或抚摸过的事物
山半腰起伏的松柏，芳香的果园
院门口，两棵高过尘土的国槐在白昼闪光
梯田坝上，缺失温度的石块继续躺着
我坐在上边，父亲也曾坐过
细窄的山路穿过草丛，一直从河边爬向山顶
我与它们都曾有过故事
那不过是重复父母的往事
如今，当双亲化为空气，旷世孤单来临
这些事物也变得陌生
但仅仅一瞬，我就感到
它们沉睡，依旧怀有一颗生动的心灵
在亘古阔达的时空，在阻止不住的风里
亲兄弟一样，我与它们都需要相认
晴空中转世的鸽子，雨中呼喊的家族
以及上升的灵魂，下沉的肉体
就像但丁在天堂被天使贝雅特丽齐引领
——他暗恋一生的初恋情人
在地狱与炼狱，他也终将认出维吉尔
——"亲爱的父亲"，那个为他领路的伟大诗人

我就是这样看到时光离去

西山脚下的小村庄阳光退去，进入幽冥
那时，我在东山脚下的小村庄访友
落日的光辉还照在房屋、畜棚与儿童身上
眼前一片明亮
我向西山看去，那里起了烟岚，倦鸟归巢
祠堂、小学校、干草垛消隐
在东山与西山之间，田野开阔，河流波动
农民抓紧一天最后的时光
他们身上夕照余晖，我的心里一层锈色
时间正一步步从庄稼、鸟背上消失
直到昼光变成暮色，东山也进入夜晚
周而复始，缓慢，恒久，循环
我就是这样看到时光的离去

日常的声音

我随时听到我劳动的声音

打夯，割豆秸，挖树坑，驱赶越轨的家畜

那时，其他干活的人也会听到

他们自己的声响，他们习以为常

我会不经意听到白日之光密集的角落

一声叹息，传自河对岸

但看不到叹息的人

那叹息未必源于苦难，只是长年累月的抒情习惯

我会不断听到镇子发出的嘈杂声

当我从棉花秧、谷子垄直起腰

拍打掉手上的泥土或草叶

我并没有听出那些混乱声音的主题

中间夹杂狗与驴子的叫声

正午神秘，鸟兽为影子绷得太紧感到困倦

但我依然能听到

细小的梦呓发自白象和仙鹤

是非止息了，日子平缓，幸福不知不觉

当黄昏来临，下午即将收网

一整天被它兜住的声音还在扑腾

那时我靠着桑树无所思

东西邻家的女人还在反复为一件小事争吵

就这么有趣，又这么乏味

彻夜，孩子们不为什么而哭

声音渐渐敛息，天下慢慢寂静

天上的事，地上的事

每到夏夜人们沉入梦乡

星星们总要成群结队返回河里洗浴

赶在天亮之前，它们再回到天上

每当冬夜，河面冰封之后

风会送给河水一双白雪的翅膀

当微弱的灯火在暮色中点燃

还乡河也会飞到天上

留在地上的穷人们

整晚围坐在油灯下回忆亡灵

夜深人静，当他们感到了困倦

会一边起身送客，一边仰望明晃晃的银河

正悬在落光叶子的白杨树顶

赶在天明之前，河水还乡，回到大地上

雨夜

十年前的夏夜，一场大雨之后
我把自己丢在大陆腹地的安多草原
那里，格桑花开遍草地
我躺在木屋紧靠窗子的木床上
遥望不可能现身的高原星群
那一刻，时间之外的事物来到我窗前
被我看到，我想我也被他们看到
他们像一群孤儿，来自宇宙深处
晶亮的雨淋湿了他们
因此而明亮，无声的闪电仿佛他们的道路
我因激动而发抖

在那些幽暗的脸庞里
我看到了你被我淡忘多年的脸
这让我回到之前，更早的年代
那些年代恍若我的孩提之夜
在低海拔的燕山里
我也曾看到过，那些来自遥远星空的脸庞
那时我还看到更多隐蔽的事物
只出现在我一个人面前
包括你的脸第一次在我眼前显现
我坚信，我还会回到最初的时光
若干年后，那栖身之所，在燕山，也在时间之外

田野静悄悄

一匹马看着土里露出轮廓的死马骨架
不知它是否认出了自己
一个被接生婆拿掉的死孩子
大地上没有他的位置
他只能飘在天空，以他的沉默
对应大地的沉默
坟墓扎根于泥土，里边的主人闭着嘴
听任草木的根靠近他
试探他的沉默
蝉在此之前已放声高歌过
而蝉蜕保持着它不被人知的沉默
我的诗不再刻意与这个时代对话
但它却在与所有时代对话
像我刚刚看到的那匹凝视骨架的马
开始吃草，它终将被所有时代的青草所吞没
就像此刻，我流浪在静悄悄的田野
并与田野交换寂静
如同流浪在一个巨大的木头玩具房子里
被虚构的主人引向虚无

感叹

我有写不完的诗，就有流不完的泪
我有爱不够的人世，就有用不完的叹息
在这无边疆土，是滚滚来去的人群
我有土地与矿藏一样厚重的苦难
就有扯不断的无奈与哀伤
我心目中，那首伟大的诗篇仍没被我写出
我心疼着的弱小生灵，仍在颂诗外流浪

麦田

今天不写风，写风过后的麦田
今天也不写麦田，写麦田里的孩子，横穿麦垄
今天不写孩子，写孩子穿过麦垄后
消失在阳光的火苗里
今天也不写遍地大火，写火被雨扑灭后
地里瞬间变得干净
今天也不写雨和白白的麦茬
不写麦鸟飞去了哪里
今天写那长大的孩子站在空空的大地上
他眼前出现的几座坟墓

群山

风吹不净我喜欢的尘土、枯树、昆虫尸体的气味
在尘土、枯树与昆虫尸体中间
又看到新土、树木与昆虫
在燕山，我还看到一只蚂蚁领着一万只蚂蚁在行进
当我的诗受够人世的羞辱，我最终回到这里
加入那一万只蚂蚁的队列，跟着它们悲壮行进

一片曾属于我家的土地

两河交汇处，有一片地曾属于我家
爸爸妈妈栽种过白菜、豆角、马铃薯
他们引水或从不远的河里担水浇灌
秋后，蔬菜储藏进地窖
人熬过严冬与饥饿的春天
偶尔也栽下烟草，它们高过我的头
离地半米，烟叶像蒲扇层层展开
干活的人钻进烟畦，灭虫，掐尖，打杈
掰下一茬茬烟叶，晾晒到烟架上
金黄的大叶子叠整齐，送到集镇去
如今地已荒芜，野草簇拥
曾经熟悉的小鸟飞起又落下
当然还将有后人翻耕，再次掀开先人的骨殖
一茬一茬的人混合成土，土地无名
依旧在天空下敞开，就像曾归于我爸的名下
当我重新踏上那片田土
隐约看到一对夫妇还在劳动
土地、山脉、河流自在
土地上的姓名像门把手，被人握住
很多时候，人不属于人世，也不属于自己
只是自然的馈赠，还将还给自然
一段活着的时光之后，土地打开门

井

废弃的老村庄都会留下一两眼古井
当它送走最后一个原住民，便撒出一群鸟占据领空
我藏起来，顺着老井与夜光往下爬
世上所有井都像血管在大地深处相通
那里，我遇到众多过去时代的人，我们平静聚会
他们曾是我不同年代的邻居
以及我一生景仰的人
我们同处幽暗，劳心者失却光芒，劳力者不再奔忙
所有人没什么两样，那些圣贤、脚夫和使徒
但我好像回不到地面了
再不能把这个秘密告诉那些地上的生者

夏天的蓄水池

夏日山间，阳光的小缝隙鸣叫着植物的香气
葡萄、苹果、杂树林分散在蓄水池旁
山下田野里，无边的玉米、高粱、棉花
也分散在它们的蓄水池旁
铁线莲包围的机井房寂静无声
地上水与地下水有无数细小的轮子
满载乡村道路、桥梁、房屋、坟墓流动
潮湿的孩子们翻开天地之书
夜幕下的蓄水池在闪光
谁说石头没有根，就请在此刻问一问
睡在墓碑下边的那些人
他会听到空气中波动着往昔的回声
如果谁以为自己没有根，就请到田野深处
摇晃的青纱帐一下子成了迷宫
他唯一看到的依然是灌满河水、雨水、泪水的蓄水池
但并不是每个夏天总是雨水丰沛
干旱又无书可读的年份，人们就躲进自己的影子
谈论直射着阳光的人
菜园和瓜地的蓄水池将要毁损
干渴的豆荚垂下来，葵花转向烈焰奔腾的群山
等到秋天开镰，蓄水池的水一寸寸下降
冬天的事物僵硬，停止流动
如果那时仍怀想夏天的蓄水池
我就是最悲哀的那一个
生命失去水分，日子露出骨头
人世到了水落石出的时辰

远行的人

不是那些翻过山顶又看到大河的人
不是唱着哀伤的歌，在黄昏走过悲惨又陌生的集镇
那些无家可归的人
不是到了海边品尝海水，又坐船行在海上
直直地穿过咸国界的人
也不是坐着玄铁飞上天的人，他们从云缝往下俯视
瞧，低处就是我们的燕山，我们的家
我所说的那些远行的人离我们最近
他们正仰躺在我们的高山、平地与河畔
躺在树下仰望树梢，被草根包裹并开出野花
在土里，他们再也不像从前，反复催促我们
拿给我们盘缠，递给我们风衣，要我们去远行

另一种赞美

不能确认，出生后，第一眼所见会是什么
农历十一月，如果下雪，也看不到雪花
再破旧的农家，也要遮挡住雪片和大风
只允许小风顺着墙缝溜进屋子
第一眼所见也不是马槽，唉，这样一想就是亵渎
我想看到的该是受难的妈妈
也不敢确认降生后，首先闻到的是什么
但一定不是奶汁的香味
贫穷刮削着乡村，二十世纪第二个甲辰
遍地乳房，奶水断流
我闻到的该是妈妈干瘪的奶头
像旧书里夹着的一朵干蔷薇花的气息
我不敢确信爸爸会欣喜地
用粗糙的手指肚拨弄我的脸
那一刻，他一定发愁怎样才能养活我
我前头已有三个哥哥，一个姐姐
他们穿着寒碜，骨瘦如柴，在寒冷的堂屋排着队
听新弟弟在妈妈的火炕上哭闹
如果是白天，我会裹着破棉被
躺在大雪映照的光里，如果在晚上
微弱的煤油灯在不远处跳动
这样就能解释，我的诗为什么反复捕捉光线
从此世上多了个喜欢蔷薇花的孩子
他天生就赞美那些大乳房的哺乳女子
如同赞美他匍匐其上的大地

开花的地方 | 112

从不老去的事物

到了中年，偶尔还被人唤着乳名
有时听人用乳名谈起另一些人、另一些事
所有的人、事都因遥远而恍惚
就像晚风里点亮的煤油灯
曾被人唤作毛子壶照亮老辈子的黑暗①
就像在异地的田埂看到一棵熟悉的蒲公英
也被唤作婆婆丁
像麻雀被唤作家雀，乌鸦被唤作老鸹
逐渐枯干的河流被叫作河套
我的乳名也一直孤单地摆渡过那些河套
穿过年月日，被人唤醒
像深秋的包心菜被剥开，露出它鲜嫩的菜心
像某一天，我们突然邂逅
我竟一口叫出你的小名
如同爬出老远的红薯秧牵扯着地下的红薯
一下子我说出你小时候那么多调皮事
你不再年轻的脸上浮现出红晕
才知道世上最孤独的是一个人的乳名
从不老去的也是一个人的乳名
现在你在一张经年已久的废纸上
找到几十年前写下的笨拙文字
我会看到，一个孩子写下那些字之后
在苍茫的燕山里仰起他稚嫩的脸

———————————

① 多年以前，煤油都是从国外进口，乡下人一直把煤油灯叫洋油灯
或毛子壶。

病中的妈妈，病中的我

某些秋末冬初，默片，风是画外音
总有一大一小两个人，在瘦山水中出没
大人手拿铁镐，孩子肩背柳筐
行走在枯黄草木与满沟乱石之间
寻找几味没有名字的药草
他们分开结霜的草皮，掘开冻土与碎石
挖出植物的根，背回家给病人熬药
大人是爸爸，孩子是我，病人是妈妈
那时，妈妈猫着腰，手按住胃
在跳动的煤油灯光里，准备晚饭
我也会生病，病了可以逃学
不再起早给猪羊割草
赖在被窝，等着妈妈端上撒了虾皮的小米粥
外加一只煮熟的咸鸭蛋，产自我家的麻鸭
生产队集合上工后，村子静下来
太阳高过东山一丈，妈妈从地里赶回家
摸摸我的头，揉揉我的肚子
再塞给我一个偷摘来的苹果，或两只蝈蝈
炊烟终于升起，下工的乡亲陆续返村
岭上的小学放了学，我从炕上爬起
——当我站上大地返身四顾，爸妈都没了
我如孤儿，只剩黑白画似的回忆
和回忆带来的一丝丝温暖，褪色的时光——
一大一小挖药的人走在群山中
光秃的树冠上，一群寒鸦在饥饿的晚风中起落

母亲的村庄

我说的不是父亲的村庄，是母亲的村庄
我父亲的村庄也是我的
而母亲的村庄只属于母亲，以及她的兄弟和姐妹
母亲的村庄也是她父亲、母亲的村庄
我没见过面的姥爷、姥姥的村庄
现在母亲去世多年，上一代人全走了
有时我还会想起遥远的母亲的村庄
仿佛她的父亲母亲都还活着
仿佛她的兄弟、姐妹仍在孩童时代
几个乡村的小姑娘，几个山中的小男孩
早晨的阳光照在民国的山坡、树木和庄稼上
照着井台、辘轳、毛驴、羊群
薄雾在山谷飘动，刚出窝的鸟雀在露水里迷路
像我小时候，无忧无虑地活在父母亲的村庄
一百年啊都还这么清晰，直到我离开人世

一张老照片

打开爸爸遗留的硬皮日记本

掉出一张黑白合影照

日记本是"大跃进"修水库他得的奖励

照片定格当年工地的盛况

史料中，集聚了三里八乡六万五千人

爸爸不识字，日记本被妈妈压在了柜底

夹着我家土改发的房契、地契

以及照片、布票、零花钱、鞋样子

发黄的照片中，人们高举旗子

戴着草帽，对襟衬衫敞着怀

裤脚挽到了膝盖上

能看出，缺少肌肉的腿骨光秃如木棍

胸肋一根根凸起

头发杂乱，眼窝深陷，胡楂把脸当成了土地

在那粮食亩产几万斤的年月

我真不敢相信

如果拿掉红旗，遮住他们固执的眼神

这就是一群逃荒的人

可就是他们修建的水库

依旧在蓄水、排涝，用到如今

回忆一次与父亲生前的对话

抗美援朝五十周年的晚上

电视里众多老兵在讲述，这些遗世的功臣

我问父亲，那时他在干什么

"我种地，养着你爷爷和姑姑"

他的眼里升起褪色的年代

这个老车把式，把踏实的一生抵押给了土地

农闲时靠一些小手艺，在乡村谋生

本分得像四季，当他回忆时

就像在早晨打开窗子

看到的却是暮色正抵达河畔的原野

中间的白昼都已被遗忘而省略

那是一个葵花怒放的岁月，老式英雄刚刚老去

新的英雄瞬间诞生，如今想来

时光荒草般横亘在朝鲜废弃的老铁轨上

而钢铁撞击的回响，包裹在铁锈里

被它们自己所遗忘

唉，他孤苦的父亲、孤单的妹妹

比他更早地离开了人世

拖拉机

生产队场院的畜棚前
一群庄稼人围着一辆崭新的拖拉机
这是某年、某个夏天的黄昏
公社新分来的"铁牛"正砰砰砰冒着烟
到了清晨,少年们隔着河水
向对岸高声呼喊"拖拉机——"
四十年后,我的嘴唇又蹦出
这已经陌生的三个字
当我在废弃的公社大院角落
看到一堆拆散锈蚀的机器零件
我想起,月光照在四十年前
刚结束的乡村抢种抢收大会战
打着大灯照亮石子路砰砰返村的拖拉机
现在,它被拆成零件堆在阴影里
像一摊散乱的牛骨,经受着风吹雨淋

马车时代的抒情诗

东山上有一座雷达，一个营盘

爬到半山腰

能听到雷达的嗡嗡声

再向上，会被岗哨阻拦

回到西山

东山顶的雷达还在旋转

过段时间，东山的军用卡车开下来

到河边拉水，拉沙子

真稀罕啊，那些南方小兵的腔调

也特别爱听绿卡车的喇叭叫

他们打开车门

让孩子们上去摁响

爱闻卡车排出的汽油味

一溜淡淡的青烟

军车远去，搅起的黄土很久才消散

群山连绵，白昼空阔漫长

下一次再要看到它们

穷孩子已慢慢熬大

这要挨过多少无聊的时光

像无望的前途，在无边的故乡

光明与青春的故乡

就是那时候，公社想修座小水电站

回乡知青发誓结束万年黑暗

年轻人返乡，战天斗地

贯通龙王岭时却出现了意外

当洞里一轮火药爆炸、硝烟散尽

知青们进洞清理操作面

一个哑炮神秘引爆，两个人碎成空气

一起重大的政治事件

这事确实神秘，老人们曾发出过警告

挖洞千万要绕行

不然会惊动酣睡的龙王

早年的龙王岭上曾有一座龙王庙

早年的岭上月光似潮

现在睡在黑暗中的龙王终于发怒

修建中的水电站变成废墟

十多米深的山洞被后人称为知青洞

没人再靠近草丛和遗址

经常有人指天发誓，夜半曾看到

洞里隐约着火光

年轻的歌声在飘荡

仿佛那里藏有一个光明与青春的故乡

一九七〇年的一场火灾

秋夜的场院燃起一场大火

一个男子呼喊着

把梦中的人们惊醒

挑水或挥舞铁锹、扫帚扑打

那男子也在灭火

一股夜风卷着火焰向他刮去

瞬间不省人事

一垛垛庄稼秧转眼烧成灰

而它们原本是储备的冬饲料

喂养生产队的骡马

那男青年醒来的第一句：

公共财物保住了吗？让我去灭火

事后他被隆重表彰

不久又被抓进了监狱

火是他放的，贼喊捉贼

这个富农的孩子

被家庭成分压得直不起腰

哥哥不能娶妻，姐姐不能嫁人

他不得不如此漂白自己

孩子与鸟

返身回望，一个孩子正在
五十年前绿麦地的田埂上跑动
他每一次提腿
另一侧的手臂就欢快地斜伸过来
手敲打在悬空的膝盖上
而一只鸟在他的头顶上飞
透过云缝的那束阳光像一道追光
这是一天的上午，而下午
我看到孩子爬上了山
独自在群山中玩耍
悬崖隐蔽的草丛里，敞开着鸟巢
肉乎乎的幼鸟们仰天张着嘴
母亲鸟到河边觅食，取水
那孩子守着鸟巢，守着一窝鸟崽
一束目光穿过云缝像一束追光
那至高处的目光
从未放弃孩子和鸟，群山苍茫
一个在麦田里跑，一个在天上追
一个去河边觅食，一个替它守着巢
那是五十年前的某个上午和下午
头上是古老阳光怒放的天空

乡村之梦

一九六九年，还没到上学年龄，冬夜漫漫
父母请来同村的老先生
教我打珠算，另一种黑白棋局
他们围在火盆边，黄泥灯台上亮着油灯
嗑瓜子，喝白水，拉着家常
吃冰水浸泡的冻柿子
当他们看到我拨拉珠算
独自完成先生的题目
父母脸上挂着从未有过的笑容
哪怕是红旗飘飘的年代
他们也都隐藏着一个不能说出的梦
能打算盘才是真本事
他们依旧相信，过去有钱的人家
那些土地、骡马、宅院、三妻四妾
都是靠着一副算盘拨拉回家的

穷孩子的一天

起早，结伴翻过西山，再翻过一座山
这是临县，但森林不属于他们
也不属于我们，却属于远处的煤矿
树木成材后砍倒，滚下山去
成为煤矿巷道的支柱
现在我们散进林中
太阳已高，快速挥动长镰
松脂从松树断枝溢出，森林里飘着松香
幽暗的林中漏下阳光
兔子、松鼠惊逃，湿润的蛇卷着光爬远
药材、浆果、山花摇晃
护林人已爬上山腰喊叫着壮胆
所有人撤出森林，在山路上奔跑
直到属于我们的山顶
我们卸下松枝，把自己扔进黄米草丛
与护林人远远对峙
我们脱光湿透的衣服
一群穿着内裤的猴子，俯瞰山下的家
贫穷的年代还能指望什么
下山吧，披着上衣，裤子鞋子挂在后背松枝上
裸身，光着老茧的脚，弓腰向下
饿着肚子开心喊叫，喝溪涧的泉水
群山，长天，不同林带，野人吹着山风下山
到家已是午饭之后，穷孩子的一天

树苗长成大树，一茬又一茬

十二岁，夏天，雨后
小学生背着一筐筐松树苗，跟着老师爬山
在斜度小的乱石坡地
挖坑，栽下，浇少量的水，封土
再往上是高耸陡峭的山顶
无人涉足，大片阳光、风和鸟粪
向下是村庄，压低的河流与抬升的白昼
天空开阔，群山明净
鸟们飞在孩子的外围鸣叫
再远些，混交林高大繁茂，叶片闪光
中午吃自带的高粱菜团子、咸菜丝
将近一个白天，整个山坡栽上树苗
我们下山，回家，倒头躺下
后来树苗全活下来，成材，被人砍伐
又被更小的孩子们重新栽上
而我睡到凌晨，被妈妈喊醒，拉到院子
地震！空气的呼啸里房倒屋塌
几个刚栽过树的孩子死去
然后是没完没了的建设，没完没了地毁坏
生死由天，离别，养家，活在地球上
与大地、海水、时辰、种子一起
就像我们陈旧的燕山，江河依旧万古流

田间的妇女

那些晴天，那些微雨的日子
她们都还年轻，跟在男人身后
完成他们剩下的活计
她们的脸有葵花的黄色，鼓凸的胸脯乱颤
证明她们正在哺乳，而女孩子
一看腰身就能分辨出来
就这样，伺候完男人、鸡鸭，又伺候庄稼
对农活，就像缝纫时对针脚的熟悉
壮硕的腿脚踩进松软的泥土
弯腰挥镰，割下麦子、谷子或豆子
捡拾男人刨出的花生或红薯
她们中有我的婶婶、嫂子，也有我的姐妹
而经常地，当我返乡，长途车放我在东山脚下
那时落日落到西山顶，白昼即逝
在最后的光里忙碌，她们的衣服五颜六色
从庄稼与草丛间站起又蹲下
那么矮小，像簇拥的矮树丛，我辨不清她们的脸
现在她们更加模糊，我们之间飘散着云烟
她们容颜老去，一部分出嫁后从没相逢
还有一部分，走进黄土，早已不在

棉花哀歌

当它们还是一株株幼苗时
就被称为棉花,随后结出棉铃
在风里叮当摇晃
太阳下的棉铃吸纳着光线
从春到秋,棉秧从绿色变成铁褐色
一个孩子长大之后又老去

当父亲整日在棉田里消磨时光
他备垄,打杈,掐斜尖,除蚜虫
凑近棉桃,欣喜地观察
就像在经管他的孩子,瞧,这些小脸蛋
而我们正在山村小学打发着寂寞
终日无忧无虑

秋雨过后,褐色的棉花秸慢慢干枯
站在潮湿的田野上
它们举出大地子宫最后的温暖与仁慈
仍在紧紧抱成团
一群孩子穿着褪色的棉衣
从早晨跑向黄昏,我们来自母亲的子宫

棉花终将被摘走,季节在转换
直到来年暮春,枣树发芽再种下棉花
它们才有了家

那时，我们已失去爹娘，独自留在人世
我们穿着母亲缝制的棉衣
就像还一直待在不复存在的家里

在蓝烟缭绕的群山

那蓝烟缭绕的群山，有我全部丢失的记忆

一个仁慈的家园，存放着梦与过往

我常常爬上那些山冈眺望

我承认，整日里，我一无所见

我深深体会到那些仁慈——眼前事物带来的仁慈

总比人们给我的更多

人们啊，永远像我第一次乘坐老火车看到的海

那时，我年轻的生命里

海让我知道什么是新奇和茫然

就如现在，人到中年，我站在群山之中

仿佛一道最小的波浪托着孤舟，漂在海面

流星

那时的夜黑到伸手不见五指
地上的人就格外关注天上的事物
或梦中的事物
就像我们，玩累了靠在草垛或青石上
常常看到一颗颗流星
在高不可攀的夜空滑行
眼看它们滑到山脊这边，冲我们飞来
越飞越近，直到熄灭失去踪影
天亮后我们结伴找寻死掉的星星
不知不觉，最后总会来到乡村墓地
一块块残缺无字的墓碑
那是一个消失家族的最后背影
只有光线，光线里的浮尘
只有亘古的山脉与废弃的苹果园
再没别的了，除了野草在风中摆动
除了我们，群山中的人和物

乐曲与灯火

（2018—2021）

活着是一件神奇的事

想想偌大的宇宙里
曾有个叫韩文戈的闲人活过，我就激动
他曾爱过，沉默，说不多的话
地球上，他留下短暂的行旅
像一只鸟、一棵树那样
他在宇宙里活过，承接过一小份阳光与风

想想在茫然无际的宇宙里
曾有一个星体叫地球，地球上有一座山叫燕山
山里曾有一条河叫还乡河，我就幸福
想想我就在那座山里出生
又在那条河边长大
这难道不是一件神奇的事吗

我还将继续活，偶尔站在河边呼喊
侧耳倾听宇宙边界弹回的喊声
继续爱，继续与鸟、树木和那个叫韩文戈的人交谈
然后仰望星空，捕捉天籁
惊叹星空和星空下大地展开的美丽
也记下一些罪人对另一些人以及诸神的冒犯

我们这些又小又明亮的人

从宇宙之光的另一端俯瞰
我们不过是居住在一粒发光的尘土上
我常常苦思冥想
是谁把我们种植在尘土上
同一片天空下，生者与亡者
相互依靠又各有各的方向
我们是更小的微尘，心却大过宇宙
跳动不止的心脏
每天让血液流遍全身
再把泪水泵出体外
光年像一束丝线把我们紧紧相连

从人类之光的这头望去
星星有如不谢的花朵孤悬
我们爱着那些与我们对应的名字
这常使我们远远地回望自身
每当夜晚再次到来
人间的铁带着铁锈走出万物
我也远离着我
在尘世，我们这些彼此依恋
又自生自灭的人
带着心跳、神话、歌声和泪
又小又明亮地燃烧在脚下这粒尘土上

永恒的由来

我没见过的人，对我来说，并不存在
众多古人不存在，别处死去的人也不存在
就像我也不存在，对于陌生的后来者
以前我这么认为，现在有了改变
我已知道那无法感知的永恒的由来
我没去过的地方对我来说不存在
过去年代飞过的鸽子，就像从未存在
站在昨天拍落日的地方，现在只剩苍茫
我不知晓的真理都不存在，现在我不敢这样看
我知道感知不到的永恒有着怎样的由来
我牵挂的人今天还在秋天的高原
明天将飞到夏日海边，她不在我身旁
却像身旁隐秘的永不停歇的钟摆
看得到的文字，只在个别名字上反复重现
无名事物依然各得其所，只是没被照亮
当我祈祷时，无论我面对哪个方向
隐身天空的佛陀总在我的正前方
有人暗中做我的保护神，仿佛空气
那分散进每分每秒又触摸不到的善，带给我呼吸
而在不知不觉的被爱里，我竟不知如何去爱
这就是我没有能力体察的那永恒的由来

寻找

公元前四世纪的某个白天，苦行主义者第欧根尼
打着灯笼在地上寻找说真话的人

在远离二十一世纪亮如白昼的夜晚
我躲进漆黑的群山，仰头寻找着暗下去的星群

诗与时间都像松木刨花芳香而卷曲……

偶然回头，走过的路两侧，遍地荒芜

那一刻你没有了往日的不安

你知道，你已到了中年

你适应了迷宫，不再试图寻找出口

假如你还写诗，你开始迎接你的诗歌元年

你双脚更深地踏入尘土

但灵魂却变得轻逸，努力向上

目力所及的事物逐渐模糊

视力已无关紧要

内心感受到的众多灵魂开始清晰

你不再流连身后的故乡

那形同虚设的子宫，逃逸的空巢

但你反复梦到一个从未抵达过的山脚

那里，一所落日下的房子寂静

仿佛前生后世，异国他乡

你接受了流水和流浪，甚至是自我流亡、流放

最初的好奇与惊异趋于平淡

经历太多的事之后

你说，经历再多也只是经历了同一件

诗也从尖锐的菱形趋于浑圆

诗与时间都像松木刨花芳香而卷曲

随后漫长的沉思归于混沌，无解

而这正是另一种澄澈

窗棂顶

这是一座山脉的主峰，当然不是地球的主峰
也不是亚洲的，甚至不是燕山的
但却是环绕我们村庄诸多山峰的绝顶
放牛、捡蘑菇、砍柴，我们只爬到它脚下
再向上就是天路，凡人止步
在这里，我常会莫名遥想本地的古人
那时，一道山泉正从崖上喷出，跌下深谷
多少年来，四季不歇
我们会俯向脚下敞开的山坳，大声呼喊
除了深渊空洞的回音，再没别的动静
仰头，我们的喊声被风和鹰驮走
我想那喊声或许抵达了峰顶
一亿年，那里只有阳光、风雪、流星和鹰的足迹
时光的灰尘铺展了一层又一层
当我们在晴天眺望
一道道远山犹如缓慢的波浪，向后推动天际线
山脉与山脉形成了巨大的沟渠，汇聚着流水
它们来自不同的水系，却都引向我们
如同某些清晨，我们在山脚会合
然后攀爬上山，而地面，沿着山河走向的小路上
正往来迎亲、送葬的人群，这六道轮回的民间
我看到汇聚的河流穿过大小河湾
在不远的下游，有一个我曾到过的山口
过了山口就是平原，水将再次分流
河道众多，绕过干旱的村庄

有些细小的水会隐入地下，成为暗河
有些将汇入不竭的大海
就像我们，午后开始在突然大起来的风里下山
依次穿过针叶林、阔叶林、梯田里的墓地
来到谷底低伏的尘世
我们也要散开，像小小的水，隐身于各自的夜晚

自然颂

宇宙的激流在我的身心间流淌。

　　　　　　　——爱默生

万能的你是否也和愚钝的我一样
常吃惊动物身上隐藏着人的习性，你的话语
滴在枝叶就是雨露，开屏中的孔雀
犹如性感的珍珠喷泉
为一只母孔雀带来一个求偶的白天
芦苇丛中的麋鹿向着滩涂开阔地狂奔
身后追赶着一只荒原狼
在无路可退的水边，一个道场
母鹿被狼咬断了脖子
而那一刻，麋鹿安顿好的幼鹿
正在苇丛深处嚼着灌木树叶
剥开硬壳或厚皮，老猴子把果肉递给小猴
它人形的脸露出长者的爱意
而秋天迁徙的雁阵
健壮的大雁总把老雁居中护佑
当它们北归，小翅膀的雏雁正飞越北温带
动物也会从人身上嗅到动物的善
畏惧着向人的聚居地张望
当我走进山野，无处不在的你告诫我
在包浆事物凝脂般的光芒里，时间醒着
蛮荒时代沉淀的仁慈
带给我对永恒的追问以及追问之后的徒劳

看看吧，露天下，人被允许定居，取火

潮湿的身体被风敞开，又让日光晒干

开荒种植粮食与棉花

体验精神与虚无，高山与流水

众多隐喻竖起肉身、庙宇和天空的廊柱

正如你所洞悉，那至高的天籁

分属各自族群：人声，鸟语，动物的嗥叫

草木生风，含蕴天空的秘密

英雄、美人、秩序与天道皆为太虚所孕育

只是人的无明整日耗损众生的佛性

无所不是的你

也只能隐身借居，在大地上流浪

经由树林、雪地、夜晚以及奶汁一样闪光的河流

在至高的律令下

在至高的律令下

大地梦到，最后的温暖也被飞鸟藏进身体

我梦到一个未曾命名过的事物诞生

在至高的律令下，一日日，我背手或袖手漫游

鱼在温暖的河里甩下成千上万受孕的卵

我梦到我在水里诞生

在至高的律令下，春天的母山羊生下羊羔

父亲在生前的庭院铺好干土，羊羔诞生在土上

山谷里，蜜蜂建筑巴别塔

而秋后，一个盲人戴着面罩

登上松木梯偷食蜂蜜

在至高的律令下，我从一个梦穿过另一个梦

风吹过地穴，吹过一个沉默的乐队

吹过一具具人形乐器，七窍生烟

在至高的律令下，年轻的猎人和他的马徒步进山

里边，一个圆形的金色牧场

现在，老猎户骑着黄金老虎走出白雪峡谷：

在至高的律令下，他返回青春

举目南望啊，是塌陷的水

其中一滴曾是我的沧桑

举目向北啊，古代君王们的骸骨仍在细草上奔跑，呼喊

塬在升起，其中的一粒沙曾满载我的梦

乐曲与灯火

黑白琴键交替按下的一刻，它们对应了各自的发音
众人也从不在同一时刻降生
这才有了一曲生命的华彩，独奏、协奏、合奏

人也不会同时死去，我见过夜风如何扑灭灯火
黑暗里却总有一两盏灯亮着
尘世之光正如日月轮转，人神之间才有了生死契阔

胜境

回头看，走过的坦途、弯路，遇到的好人、歹人
皆如迷人之胜境，引导我走下去
亦如佛菩萨，它们和他们必在我的命中出现，度我

无非镜子，它们与他们照见我的皮囊与灵魂
无非是，在那里，我目睹并熟知了不同梯级上的我
吾丧我之后，犹如大地居所，吾抵达不同的我

初冬漫步

我不敢凝视冬天的石头，水落石出之后
就像不敢凝视一位老者，在他风轻云淡之后
石头与老人外在的纹理都与时辰有关
而内在的火已经熄灭或正在熄灭

我不敢凝视任何一种草木，风吹折它们的声响
像远去大雁留在空中的细小的余音
我也不敢凝视平静或流动的水，那哪里是流逝啊
水面映着天空反光，把幻象似的往昔又从源头带回

我不敢凝视昆虫吃掉叶子后的叶脉，叶子的骨头
夏日群蜂欢愉的场面重现，在这北方的冬日
我也不敢凝视任何一个纸上的名字，那凹凸的部分
铺满尘土，一笔一画，留下越来越尖锐的锯齿

我愈加不敢凝视每个可能的问题，提问即是失去
有人会说：没什么，冬天到了，无须躲避
没什么还可以再次失去，这已是光光的大地
人不过是人造的大词，被众多小词拱卫与解构

落叶

这座城市正在打扫落叶，而昨天它在下雨
昨天整座城市的树都在雨中落叶
我听到昨天整座地球上的树都在雨中萧萧落叶
昨天我没看到一个人在雨中打扫落叶
树叶像生锈的铁皮铺在地上，也落到地球之外
没看到一只鸟横穿空中飘落的叶子
现在，更没有一只鸟飞回掉光叶子的树上
就像我熟知朋友的脸
我认识所有的落叶以及落下叶子的树
但我不认识一个打扫落叶的人
因为熟悉它们
我仍怀着巨大的快乐分辨一片片叶子，一棵棵树
又与那些人过于陌生，便如入无人之境
我冷，仿佛是我落光了叶子
仿佛宇宙里只有我、树木
以及落向星球与星球之间虚空地带的铁皮叶子
其实我没资格享有这隐秘的孤独
一个人与一个空茫的宇宙
这孤独会使人感到此生尚有些许期待

海

爷爷和爸爸都曾在海底种地
我坐在海水浸泡过的陨星上沉思
为人造屋，给佛陀建寺庙
爬到山顶我在岛上瞭望
看到远处的城市，布匹一样飘动
但看不到幕墙般的白帆
只有老月亮还一如既往地挂在天上
我走过草地与墓地
牛羊在吃草，祖先睡在海底
风刮过我时，海面上掀起波涛
我说的是远古的海，狂野地推动地球
现在这里已是群山
我曾到过渤海、黄海、东海和南海
站在岸上，看海水隆起
驶过来的外星船先冒出桅杆
接着才是整条船
我和朋友们
在夜晚的沙滩上跳脚高喊
亿万年对我来说，也只是我活着的这些年
海水撤退，盐巴海洋换成时间之海
腾出空地让人世繁衍

生死辨

工匠们纷纷谢世，伟大的奠基者更早离去
一些英雄活在壁画、神庙里
一些灵魂在遗址中迷路，哭泣
他们创造了时间的奇迹，再度被时间抹掉
长久以来，我有生死之辨
也曾与顾盼自雄者角力
我，我们，终将步古人后尘，成为未来的古人
偷生也罢，死去也罢，都已无关紧要
没有遗憾，古人即峰巅
我们平淡的一生被自己解构得一事无成
宛若无边的蝼蚁军团，蚕食着鲜活的物质主义
开动挖掘机，盗墓和掘墓都在挖掘大地
瞧！我，我们，一根根行走与安睡的肋骨

傍晚

天黑的时候，我一个人在家
就会晚一些开灯，看着窗外或坐在沙发上
不是为了省电，只是想让自己
潜进幽暗而无所思
或倾听白昼猛地折向夜晚的窸窣声
我听到手心里某种无名事物
那无可把握的消逝
天黑时，如果我们两个都在家
我会及时打开灯
让温暖的光充满我们每个熟悉的房间
并照亮我们的脸庞
我不想两个人在幽暗里说话
像隔着山梁的两个寂静的山谷
看不到彼此的脸
也不想两个人同时倾听到
那种幽暗的消逝所带来的伤感
如果可能的话
我们总是要这样面对面
就像面对我们的房间，熟悉又不厌倦
耐心听一个人把话讲完，尽管我们都知道
彼此要说的会是什么

宇宙时空图

我等你回来像星座等待星辰归位，随后看到
月亮依旧钟表般挂在山巅
流星溅起河水，地上的表针在露水里走动
上下四方曰宇，往古来今曰宙
我们唱起连祷的歌在宇宙里死去又活来
落叶重新聚在门前的槐树下
恍惚的初恋回到松林、果园与废弃的机井房之间
回到五月、七月、九月之间
抵达中年还能剩余什么，有没有一场雪
人世都是白茫茫一片
蚂蚁踏上早年的足迹如我穿过未来的废墟
愿那年轻的邻家少妇再生下一个小孩
让他像我们的影子一样长大
在原初之地，牲畜们一个个复活
春天的羔羊歌曲般围着我
黄土路再一次分开荒草，离乡者的步履
带走死亡或出嫁的消息
我们开始耕作，而父辈仍在旷野张望天气
闻着麦子与阳光
风是第三种极地，它把人群与芦苇吹得稀疏
水洗过的流星原路升起，校对好的钟表照常走动
在我看来，这就是我的宇宙时空图
里边居住着你我，而他们死去又回来

镜子

前方二十米，垂挂一道瀑布

日光中，溅起的水雾形成一面大镜子

我坐在人迹罕至的山谷

一些鸟出现在镜中，而后飞了出去

一只孤单的山羊啃着草，一直啃进镜子

没多久，它啃出镜子另一个边沿

偶尔有采药人，也许是猎户，进入镜框

搜寻目标，很快消失进树林

镜子里，我坐在岩石上凝望着自己

身后是另一个山坡，斜伸向天空

间或，风推着落叶从镜子这边滚到那边

风又把落叶推回来，经过我

正午过去了，阳光倾斜，镜子消失

我已看不到镜中的自己，也看不到任何事物

只有细碎的声音充盈山谷

记不清多久了，我失去山下的消息

对于山下，我好像从未存在过

当那些自在的事物出现又消失在镜中

仿佛它们也没存在过

想到多年前这里曾经出现过的人

（关于这一点，我敢肯定）

我，我所见之物，不过都是白昼的幻影

这样一棵芦苇

一棵芦苇与千万棵芦苇一起长在河边
去年它也长在这里，其余的也是
风吹过它，吹过了它们
风还吹过水边的杨树、沙地的桑树、山坡的花椒树
那是多年以前的风牵引最新的风
吹过多年以前的芦苇、杨树、桑树、花椒树
吹过姓韩的田地、姓聂的窝棚、刘氏碾坊、李氏铁匠铺
吹过千年的风，吹过了一千年的芦苇
吹过了青铜器的绿锈、骨笛的裂痕、虚古寺的钟声
还在吹着唐朝雁阵、辽代砖塔、明代织机
最后不停息的风汇聚到这样一棵芦苇上
我眼看风吹低芦苇，吹来霜雪，也吹向我
我头发花白，我腰弯垂

每个睡眠的人和野兽

我从没在起伏的大地遇到天使
但在那些敞开着院门和水井的人家
看到每个眠者的睡姿都像天使
他们被棉花或丝织品裹紧
被祖先的目光、伴侣和婴儿拥抱
被古老的空气环绕
千万种暗处的野兽也躲开月光，进入了睡眠
它们是天使的另一副模样
睡在草叶、树下和石头中间，头枕自己的脚爪
而静谧混沌的空气是歌
带着自然的野性，赞美，祈祷
地上四季循环，长出棉花、麻和桑树
土地看护着养蚕人和蚕蛹
让棉花开花，青蚕吐丝，天使安歇
让空气噙满水分，蕨草、青苔上含蕴时光
这样，他们就又完好地进入白昼
从天使再次成为人，成为兽类
走在繁殖、劳动与人兽争吵的群山中

秋天的虫鸣

当我听到草丛中秋虫的鸣叫
有些庆幸，也有些伤感
秋虫又到了每年告别的时辰

当我扭头望向一棵老槐树
不知它为谁所栽，活了多少年
但它一定活得比我更长久
比栽树的人更长久
那棵树会不会看到慢慢老下来的人
也觉得庆幸，并替人伤感

而沿着树冠看过去是起伏的燕山
包容着那么多人事、树木、往昔与悲歌
我曾在山里找到过一两块鱼化石
常识告诉我，这里曾是一片汪洋
古老的海水漫过群峰
鲨鱼、海龟、潜龙与陨星游在海底
这样想来，老树和人又算什么

而当夜晚来临
有时我站在更低或更高的山丘
仰望星座，真是太遥远了
那时连地球也不算什么，多年后
我会归尘，再没有关于人世的哀伤

只有感激，在一小段时间里
我目睹了我所看到的一切
包括这微小的昆虫
它深秋的哀伤以及盛夏里的欢唱

喜鹊（一）

秋天的喜鹊站上快要落光叶子的白杨枝头

它用粗嗓门不停地对着我大声叫

就像从前，一群熟悉我的大喜鹊、小喜鹊

反复飞过村庄的屋顶

从这棵树到那棵树，它们追着我的脚步

正如我跟我的伙伴们，在秋天，在父母的土地上

所看到的那样

就像在海上，南十字星悬在南半球水手的头顶

北斗星悬在北半球水手的头顶

为地球上所有迷失的船只指引回家的方向

经由矮矮的山丘

每天走过镇子西边矮矮的山丘
寻找那只传说中的老虎
像那个打虎的僧人
虎失踪之后
他坐在蒲团上倾听蚕啃噬桑叶的声音
多少年来，我就是这只蚕虫
从蛹到虫，尽可能让嗓音低沉
更多时候我在蚕茧里保持一只死虎的沉寂
以让寂静穿透喧闹的时空
我远离那些用高音说话的人
那些语言的老虎，吹着自己的胡须
这样才能保持住我的平静
以及世界的平静
就像蒙塔莱，哦，这个意大利隐逸派诗人
荡秋千一样，他总会从尚未到达的极端后撤
回到低处
一生保持他不做英雄的权利
但请不要怀疑他的力量
就像木纹，总是不知不觉间留住年轮
这么多年我总是经由矮矮的山丘
隐约倾听大风刮过老虎
像那个打过虎的僧人，在老虎隐去的日子
坐在蒲团上，倾听蚕虫啃噬桑叶的声息

诸佛

站在高处，我已忘我，渺远的群峰

往后退去，铺展，如佛加持人间

天空澄澈，鸟雀穿过一根根抖动的光线

人的异味与杂音在低处漫漶

待我回到低处，"我"也回到了我的内部

落进无边的目盲之夜

苦了啊，地上活着的人们

数字的病毒时代像年与年之间的缝隙

我看到人们彼此躲避

厌弃加大他们的株距与行距

更多夜色充填其间

这一刻真怀念古书中的时光

几乎是同时，又怀疑那些消逝的好时光

是否曾经出现在人世

那时，众人高古亦澄明，有如连绵起伏的群峰

耸立在万里苍穹之下

苍生即诸佛，行走在慈悲的大地上

响器

夜深人静，烟火被打更者藏进灰烬

睡得浅的人能听到黑暗里的动静

储物间里，久已闲置的响器在灰尘下发声

夜色中，一眼眼枯泉汩汩复活

那些羊皮鼓、铜锣、马尾松香的二胡在苏醒

羊群抱团酣睡，黄铜被草根吸到梢头开花

山中的松树一边吐出松脂

一边发出铁硬的光芒

祖上留下的马头琴已失去曲谱

正被一个影子乐手拉动

马厩里的马依旧看到那个马头在落泪

月光惊醒古装的驴皮影人，他们扁扁地爬出箱子

倾听树丛里刮来的风

我就是那个在人间睡得轻浅的人

倾听这些异响，在夜里，在万物的生长中

大音希声：当我听到

往昔的律动再次回归无人之境

我坚信，某些文字同样会成为响器

在烟火收敛、礼崩乐坏之时发出声音

被黑暗里的少数人听到：

星光与幽灵中间，那飘荡的永恒之声

白昼

我的日子总是从红色黎明、蓝色鸟群
与一片绿色苹果树开始

到了晚上，它由燃烧的星群、透明的露水
和杂乱的草稿结束

它们之间隔着属于我一个人的白昼
各种方向的光牵着风贯穿了它

我能闻到马粪、新劈开的柏木、校办工厂
以及老人们散发的干芍药花的气息

在白昼隆起的正午的屋脊下
河流一路问候醒着的时辰

那里，鸟群有如空中的祝福再次汇聚
如果我轻易在白天睡去，我就错过了敲门声

那些朋友与仇人，那些逐渐大起来的雨声
所带来的熟人与陌生人

乌鸦之谜

行走不同省份，清晨或黄昏
我不止一次看到麻雀又短又丑的小身子躺在草上
下霜、雷电或暴雨之后
我也看到过喜鹊贴在地上的长身子
在灾年，我则会同时看到死去的麻雀和喜鹊
铺在道路和村庄，像不祥的谶语阻住女人和孩童
但我从没看到过乌鸦躺下的样子
我常常听到麻雀、喜鹊在低低的树冠中一声长一声短
也张望它们划着弧线，拍打过人们的头顶
但我只在无人的荒山、枯竭的河道
或立冬以后的秃树枝头看到孤单的乌鸦
哦，有时是冷漠的两三只
它们携着断弦的大提琴独来独往
而当我随着众人聚在山中墓地，与亡者告别
总有鸦群像密集的黑骨头拖动云朵下沉
它们集体向下凝视，仿佛在勘察光的深渊
汇拢起来的黑夜也在对峙着白昼
但我却从没看到过乌鸦的尸体横躺大地
谁能告诉我，它们死后去了何处

三只蝴蝶

三只蝴蝶飞起的地方，刚才还飘着雨

现在，干净新鲜的阳光已穿过洪荒时代

数不清的脚印一层层覆盖这里

遥远的古人与最近的今人经过此地

现在，雨刚刚停歇，万古常新的阳光

就重新穿透薄云，惊醒三只蝴蝶

野草从松软的足迹和腐叶子下钻出

远处，南方，大海闪亮，茶树的山冈奔跑如马群

在我看不到的细草上

我看到一只新生的小鹿站起

更远处，阳光下，我的另一个故乡，诞下一只小象

草、草地上的鹿啊象啊，连同贫穷的风

一同成为大地上的新事物

永生

一个从不言语的长者，已不会说话
他住祠堂对面，幽暗的小阁楼
鸽子在青苔上散步，在树木间盘旋
他轻易不下楼来，更不出小院
只守着一屋子书籍

可人们却说他根本不识字
那些书堆满了老家具和靠墙的书架
他很少打开门窗
让风吹进，也拒绝鸟鸣和雨声
他的书传自祖辈

所有书页都是鞣好的人皮和兽皮
他能摸得出哪些是男人的皮
哪些是女人皮，哪些是羊皮和狼皮
他孤身一人与书度日
寂静里，能听出人皮在聊天，宛若腹语

偶尔，他们也与他搭话
大部分时间，皮上的文字自己发声
他能分辨那些低语或哭泣
曾们怀念曾经的天堂，亡者回忆人间地狱
而他内心四季循环，地方天圆

这无关乎识不识字，也不必阅读人皮、兽皮
只需与那些书在一起，他即永生

画卷

那些不认识的前人也曾我这样爬到过山顶
只为偶尔眺望一下远山
俯视一次山下的村落和人烟
在我与对面的山脉之间
天空敞开着，鸟儿在其中穿越
以证明天空是空的
只有空着的天空才能接纳雨水和光线
还乡河在山下流着
昨天看到的鱼虾仍在水里游动
以证明水是空的
这样的空河才使人感叹"逝者如斯夫"
活了五十年，我曾牵挂的人与事都翻过远山
我的牵挂会越来越少
我变空，就像刚出生那样
以便盛放一生中蜂拥而来的事物
我身陷的人世是一幅无边画卷
挂在至高的穹顶
它不断被时辰吹动，不断卷起
前人的劳动越卷越小越空
我与后来者次第出现，生生不息
稍待，又被卷进风里，画轴越卷越紧

去河边提水

去河边提水，羊群跟在我身后像波浪
它们身后，青草和山丘也是追赶着的波浪
河里，一些小波浪跟着另一些小波浪
岸上，驱赶群山的大风在奔跑，人们也奔跑
我看到时间的轻波隐身流过逆向的人群
人们之间有过多空隙

透过隐约的波动，放眼旷野与城邦
我看到，也许只有我能看到：时辰从未流逝
分秒和钟点的水滴拥挤在海面上
现在，我提水后退，继续后退
河水慢慢停止流动，河道慢慢消失
但桶里的水、水中万物的倒影还在摇晃
而彼岸，我看不到的地方
万物流变，但又如同真理，亘古恒久
四方上下无边疆土，时间撑起空间
大到无边的虚空，又小到一只水桶
包容下生灭中的我们，黯淡或亮起的星辰
增长的群山、江河，坍塌的村镇
蚊蝇，露水，念头与骨头，争吵与拥抱
有机与无机的众相、众灵之国
一切都在祷文和咒语之中：唵嘛呢叭咪吽

一股隐秘的力量驱动着尘世

永恒之蜜加速循环着四季

诗人与诗被万物所包围

一只蝴蝶与另一只蝴蝶在花丛中交尾

它们悸动中的专注那么美

夏秋之交，一只蜻蜓恋着另一只蜻蜓

它们悬在芳香的空气里，翅膀共振

仿佛互为暴君押解爱的囚徒

每年农历二月和八月

母猫总被自己折磨出压抑不住的呼唤

它们跳到屋顶、墙头、树干

乡间陷在怪异的氛围里

一群孩子向两只合体的狗投去石块

我没感到狗的羞愧，却感到它们的狂野与可怜

两只亲爱的驴子在河边柳树下旁若无人

那些提水少妇红着脸催促着走过

一个对另一个说，这些骚驴子，真不要脸

植物雌蕊的柱头承接雄蕊的花粉

连同茎叶，一起在微风中颤抖

细小的喊声飘浮在空气里，鼓胀，汇聚

这一切都在天地之间悄然发生

一股隐秘的力量驱动着尘世，比如诗

时间的困境

从漫长的午睡醒来，习惯打开一本书

又打开一本书，仍觉是大梦中人

亚里士多德，奥古斯丁，他们还在讲述各自的时间

一个说它是绝对的，另一个强调相对性

我只觉得，我在，时间在，佛陀在

窗外，新楼盘工地，挖掘机挖掘出噪音

稍远点儿，产科医院，一定有婴儿陆续诞生

而穷人在发愁，富人欢乐

我介于绝对与相对：前者说，时间固执，外在于人

后者说它来自人的感觉，即过去、现在与未来

我想了想，佛陀是绝对的，我是相对的

唉，他们说得都对，索性让书摊开着

摊在我的当下，我听到晴空滴下的水融进远处的河流

他们一个生于公元前的三百八十四年

另一个生于公元后的三百五十四年，相距八百载

而我在二十一世纪某个秋日下午，陷入生死困境

他们的争论，就这样，轻易打发掉

一个完整的午后，天上飞机向西，地上高铁向东

望星空

再也遇不到一个跑上高冈仰望星空的人
像多年前的我们那样
更遇不到望着星空泪流满面的人
像多年前，当我们还年轻
沉醉在幸福、迷茫与小小的恐惧里
也遇不到指点着星星
大声叫出它们名字的人了
就像多年前我们纵身跳跃、大声呼喊
那时我们也有太多星座叫不出名字
就给无名的星星按照我们的意思命名
现在，那些我们取的名字也已被我们遗忘
就像忘掉祖先的名字
忘掉了我们的来路，那么远那么远的源头

星星拉上了窗帘

死寂就是所有星星都同时拉上了窗帘，银河隐去
夜光里的事物也松开它们彼此牵住的手
你可以回忆了，那一刻，浩瀚宇宙只有你一人
你回忆起谁，谁就在时间的流变里重活过来
想到哪件久远的往事，你就又活在忆起的叙事中

虚古寺的鸽子

虚古寺的鸽子，噗噗地
划着它们宽大的翅膀
超低空飞过我们、老槐与古街的招牌
我从未见过
别处的鸽子有这么大的翅膀
也许只有这样的翅膀才能搅动、拨开
虚古寺沉寂千年的空气
近距离地擦过人们的头顶
古寺在又一个春天寂静
随后我们也走进虚古寺，殿堂敞开
我好奇地抬头寻找鸽子
它们全都失去了踪影
只有那尊铜佛伸出一千只手迎着我们
睁开一千只眼注视尘世
我知道鸽子就隐身在
大殿、抱厦、罗汉、妙音鸟与古树之间
而寺外，燕山支撑着天穹
我们刚刚经由的人间，百花盛开

我睡着了但肉体……

我睡着了但肉体没有停止它自身的苍老

另一些人在睡眠里曾抵达过彼岸

那里，倒流的时光被落日照拂

鸟群在无声的世事里盘旋

每隔几天，我都会到旧书市场闲逛

蹲在坟丘一般堆起的旧信前挑选

当雨天我无事可干，打开信封

感受以往时代人们的呼吸

信中潦草的文字看起来像不曾熄灭的火苗

照亮它们固守的时空

偶尔我也会跟儿时的伙伴回到老屋

过去的场景在脑海里再现

这是爸爸的家，妈妈的家，我的家

也是我们饲养过的牛羊猫狗的家

伙伴们的说笑搅扰着老尘土

小时候的趣事，掩住我内心的战栗

尔后，当我躲开众人

泪水像一群透明的孩童排起了长队

爬下我的颧骨与胡楂

在忍住悲伤与放纵泪水之间

肉身是个负重的老脚夫

一刻也没停止它一意孤行的老去

高处

风吹草动，如果那时你正好站在高一点儿的地方
就会看到低处的植物纷纷摇动

就像人世间，当风吹来，有多少人也在摇动
仿佛植物变成了人，植物人传递着同一个消息

燃烧

我看到行进的人们，火焰舔上他们的脚跟
地球像个裸者，无处藏身
古老的乌鸦吐净黑色，被落日染红
诅咒变成了祝福，世界变成了白药片

透过矿物的遮蔽，我看到
水晶球里幻化着人世的苦难
东方的吉普赛诵读着万物的谶语
红地毯上是结亲的队伍，草地上是送葬的人

突兀的广告牌，纠缠玄铁
浩荡的财富像喷出的火山灰
落上所有脸庞、汽车和夜晚的床榻
落在追赶者的眉皮上

绿火苗打着卷儿，向上飘去
树木和庄稼簇拥着山峰
河流簇拥着迷路的人
无数个我簇拥着一艘古老的沉船

当我写到星星，星星正在悬空的灶膛焚烧
当我写到成片的麦田，麦子舞蹈
当我写到预言，预言已成木炭：
重新回到旷野，再生，荒野葳蕤生根

鹰不是一只鸟

鹰不是一只鸟，是地上某种动物的隐喻
比如狮子，或者说鹰是天上的狮子

就像我在蔚州古壁画里看到的那些人
他们不再是一个个日常的人

而是化成了时间密封中不可撼动的器物
而我们，依然是空气里的灰尘

就像你遇到的蝴蝶，它也不是一种昆虫
它是你前世的灵魂在此世的邂逅

你把遇到每一只蝴蝶的时辰记录下来，连成线
就是你艰辛回到另一个家的路径

而善也不仅仅是一个词，它是一种行动
它的家不在书里，也不在人们自我标榜的嘴上

在黑暗里，它弥漫出玫瑰的气息
在光里，它是永不枯竭、吸纳光线的海水

旷野里的门

四月的布谷鸟躲进雨幕，打开小小的机关，叫个不停
它用自己的声音喷淋、洗浴，合拢的山谷传出歌声
一个孩子走出大地，他藏有全部事物的种子
跟随着雨脚，他一边走一边播撒
曾经我也这样，一边走一边播撒，在年轻的日子
现在我收获越来越多的遗忘
我还将看到燕子悬在水面用坚硬的嘴提水，建筑新居
人们腾出土地，腾空名字，腾光老院子
让鸟住进来，那些布谷，那些燕子和鸽子
那些啄木鸟敲打光秃秃的老树，挖出腐朽的年轮
生命的黄金，也正一点点离开我，被新家所收容
夜里轮到我在人间值班，打更
我听到旷野里有一扇门不停地打开又关上

一枝谷穗，一千枝谷穗，一万枝谷穗

一枝谷穗在幽冥的晨光里升起
一枝冀东的谷穗穿透薄雾在燕山升起
早起的鸟扑棱着湿翅膀从这里蹦到那里
河流环绕的山冈，一枝谷穗在升起
村庄安静，夜在撤退
穿过又一年的又一个夏夜
一枝谷穗在逐渐明亮的清晨升起
起早赶路的人碰落悬浮在空气中的水珠
打湿他的鞋和裤腿
群山放亮，一千枝谷穗伴着晨曦升起
而隐去的幽灵有一双看不到的手
轻摇谷穗，留下他们经过人间的踪迹
赶路的人已站上高处
只一会儿，天地明亮，山顶一抹阳光
漫山遍野，一万枝谷穗次第升起

鸽子和我

坐在悬崖上，像棵矮松树
我俯视，深渊处，田野正成熟
一只鸽子飞来，离我不远
立在另一块巨岩上
它也在茫然远眺
嘴里咕咕叫，像独语又像召唤
稍后它转身，尾巴凌空悬着
嘴里还在咕咕叫
鸽子粪掉下悬崖，崖高足有十丈
稍后它转过头来跳跃，像舞蹈
但大部分时间它望着远方
身下是荒林，山下是村庄，庄里是人
我们望着身下、山下和村落
它看它的，我看我的，互不打扰
在秋日，自顾自地，静待在相邻的石头上
却分属人类与鸟类
我们隔着云山烟水，风带来诸多秘密

一把火将解救出木头里的灰烬

他以为笨重的肉身，会被窄窄的画框关在门外
画框里是冷却下来的落日、山河与喧嚣
那样他就不会被更多后来者打搅，抑或救赎
也不会被面壁的大师看穿
他需要海水含在嘴里的黑与咸
最终他还是被狼毫和油墨领上墙壁
领进画布和大理石，冰冷的火焰从意念中升起
仿佛一幅虚拟帝王的画像，失去了生动
却聚焦于开阔的内心与往昔的辉煌
就像黑暗哺育一束沉睡的光，生活从终点回到原点：
众兽之王，青铜草原，挽歌的加冕
一把火将解救出困在木头和时间里的灰烬

我向南的房间

我向南的房间，摆放着一只唐代花瓶
某个初夏的夜晚，它在月光轻抚下迸裂
因为墙上挂的那幅明代牡丹图
花朵绽放得太过猛烈
我听到远处的朝代，有一种肌肉拉伤的疼

童年时，我曾被一匹小马驹掀翻在地
它踩过我后背，消失在那个倾斜的下午
现在它苍老的马头探进窗子，嚼我诗里的青草
我看到，山谷里，一棵熟透的野葵花
压低硕大的头颅，它逼着自己探向大地

那看不到的

一只蝴蝶在眼前飞，当它试图停靠叶尖、篱笆上
我就追着伸手扇动，想看看它究竟能飞多久

就像我，当我想停下来歇一歇
总感觉有一双隐形的手驱赶人群，使人不得安宁

我们是我们自己的上帝，也是我们自己的魔鬼

法则

路过今天，也路过你的往昔与即成往昔的未来

路过你的死亡，你的再生之地和你说过的话

你路过的星空中有你一张脸

路过的水里，你居住过多年的孤岛正沉落

每天你路过树木、稻田、雨、身边的众人以及村庄

也就在路过墓地、陌生的邻居

你每天路过的别人的窗子里有你的私生活

你路过你的抚摸与足迹上

遗落着别人的欢乐，你的头发、羽毛、叹息

你路过的每一天也都在路过我

你路过灰烬，如同路过夜晚的火焰

有一天，当你感到疲劳，想歇一下

你会静静地坐在宇宙中央

而万物正如悬浮的云朵，它们也在匆匆路过你

飓风

向上的通天塔、向下的天坑，四分五裂的人群
寺庙、汽车、尘土覆盖的典籍里的姓名
雪峰与墓碑、大河与血库
都随着地球的转动，形成宇宙的一场飓风
而我们活在飓风中心，玻璃建造的不朽宫殿
我们必经非法或名正言顺的杀戮，慈悲的施舍
以及朝代更迭，以及黑暗与黎明的蜜月期
如果谁被甩出去，离开风的轨迹
谁就永远消失，风吐出骨头
而如果谁还活得更久，谁就会反复被人放回摇篮
他就一定是时间的意外
繁星再次为他抽出枝条，大海捧出蓝玫瑰

陈超墓地上空的蓝

这一刻，我目力所及就是宇宙的边界
这是太行山东麓的深秋，我们跟树木一起
围在你寂静的墓地
早晨的阳光中，每个人都朗诵了一首你的诗
我读《安静的早晨》，你这样写道
 "早晨的安静帮助了睡眠
我像被夹在平铺直叙的书页里
醒来，又告诉自己睡去，转眼已是上午"
就这样你睡在土里，而你的声音
飘浮在我头顶的至高处
浩瀚的水洗浴你大理石墓碑上的文字
使它们更亮，更像你的灵魂，在那纯净的蓝里
这是你的第六十个生日
我们跟树木、碎花瓣、酒一起围在你的墓地
孩子一样，我们读你的诗
谈论你骨子里孩子一般的顽皮
随后我想起早年玩过的游戏，丢手绢
我下意识地回头寻找那块神秘手绢
这 瞬，我看到树木和草在我们身后疾速生长
向着蓝色无垠的天空，向着你

夏日之梦

夏天的正午，我似醒非醒
苹果们从树上跳下又蹦回枝头
一只野猫舔着我的头发
蚂蚁的仪仗队在我身旁的岩石上
排练它们的国歌
我的胳膊被小螳螂当成了高速公路
各种矿苗钻出地皮透透风
两只灰鸽子立在毛驴的脊背交谈
我第一次透过眼帘的缝隙
看到它们变幻出红鸽子、绿鸽子、黄鸽子
稍远处，一匹白马穿梭在松柏树丛
蓝火焰打着卷，从每座坟墓向着天空喷涌
田野里，去年死去的母牛
捡拾着散落各处的骨头
重新组装骨架，安放器官，走回畜棚
我看到山下的村庄仍在河边
小镇居民恹恹欲睡，我不敢喘息
不敢睁大眼睛，平躺的身体继续扎下根须
我怕一旦完全醒来
世界又恢复成我沉眠之前的模样

深冬与友人重访虚古寺

太阳滞留在昨夜的寒冷中
落光叶片的树木已是过气的演员
此刻，我尤其想念以往夏季抒情诗似的白昼
有如盛大的舞台搭建在天地间出演
我犹疑地等待着它们重新到来
就像等待以往的爱
我们一边谈论着远处的盛夏
一边进入山中，不远处是清冷寂静的虚古寺
对于它，我一直有种幻觉
无论什么时候来，虚古寺总像悬在空中
它离地的高度恰恰相当于我的肉身
顺着它的飞檐与瓦垄，冬日晴空延展过山脊
一群鸽子在逆风中盘旋
我曾反复问过，鸽子飞起来会想什么
友人手指山脚与远方，这就是当代啊。晴空下——
寒冷的日子里横亘着万年山冈

一次

临近中午，我还在纵深的山谷割柴

别人要么回家吃饭

要么赶着牲畜下山，去河边饮水

我直起腰，返身回望，梯田依次向上

树木、庄稼簇拥着隆起的土丘

烟岚中的鸟雀在阳光中摆渡

万物忘我，如其所是，在巨大的宁静里

它们无从知道，边缘处

我窥视到，无人之境中它们的自在

一亿年的山峰在我攀爬不到的地方继续高耸

我在山上、山下活了这么久，还将活下去

但从未想过要爬上绝顶

山脚村庄喧嚷，我从那里来还要回到那里去

远山遥远，一条河穿过山间的大小村庄

几乎每日我都要爬到山间劳作

只有这一次，临近午时

我一个人站在这里

才感到我的体内贯穿着天地之气

像一场细雨落下，把我融进身外的自然

旷野

只有一棵树、一个人、一只鸟

他们虚构出一个原初的世界

有时那棵树看那人，看到的也是一棵树

那人看那棵树也只是在看一个人

飞在空中的鸟看那棵树就是一棵树

看那个人有时像看一棵树，有时像看一个人

它落在树上，也落在那个人身上

当鸟站在树上，树叶落了，树叶又长出来

当它落上那个人，那人老了，那人还会再次年轻

一只鸟就足可像扯动面纱，把旷野扯向无限

在我眼里，他们只是一棵树、一个人、一只鸟

一棵孤独的树，一个自在的人

一只无处可去的鸟

就像我观察人群，那些人有时是森林

有时是人群，有时是鸟群

而在旷野，那树、人、鸟已活了一万年

我不知道，它们看我时看到了什么

是一棵树、一个人、一只鸟

还是两棵树，两个人，两只鸟

也许什么都不是，只是一个无名的事物

被风吹成风，游荡旷野，地老天荒

最后归来的大雁

最后归来的那群大雁已少了很多
这样，雁叫声因少了自身的阻碍就传得更远
天空也显得更空阔
我仰头，目光追索着渐渐北去的雁阵
当它们彻底离开我的视线，我有些依依不舍
不过，转瞬之间
一群隐匿在低空飞行的鸟雀又马上飞起来
填补了大雁消失后的空缺
它们搅乱了白日的秩序、春夜的凉意
与刚刚出现的寂静
或许，它们又重建了白昼的秩序、微寒的春夜
以及另一种寂静

风的诞生

还没等我开口，风就截住我的话题
你不要说我转世或循环
说我是来自过去年代的生灵
不要说我属于大地上事物的呼吸
我也不是夺路而逃的光线

那我是谁？来自哪里
当你看到我时，我刚从群山里出来
那里我时常沉睡，蜷缩在矿苗的四周
那里有我石头与草木的窝，而在土地下面
我比各种棺木与树根更深

如果看不到我，你就去听听流水
看河流顺着树干怎样爬上树梢
看我吹落无家者眼角上的泪
我弯成弧形，在每个人的头顶隆起
形成透明屋顶，如同一座座走动的小坟

我就在你们中间，你们常说的隐秘的命运
我掀掉树皮上你们年轻时代的字迹
但我也来自那些古老的死去的文字
有时是你们的尘土，我一边丢弃又一边汇聚
有时是爱，吹进你们空而冷的肉体

幻象

每座隆起的土丘旁都有一棵
看到或看不到的树木
也深埋着一只走累的旧钟表
尘土是最后的抹布，抹平时针秒针间的缝隙

每一只挣脱地面、抬到半空的马蹄
都提着一盏马灯
来照亮那匹奔马的路
它又制造吹灭火烛的大风

每首诗都是失语症患者的邂逅
他们在漫长的沉默里走失
诗借用语言的名义召集光芒
让语言照亮自身，骨头与血肉重逢

二十四个钟点里居住着二十四位巫师
二十四个谶语的旋涡打着旋儿
闪电在悬崖与水面之间跳跃
允许深处的根须用空中的血浆来书写

允许有人飘进空气，放下天梯再抽掉天梯
他被世人关进梦境，被蜂拥的梦淹死
他像一只自在的乌鸦消失进黑暗
也像一块远离尘世又被自己遗弃的飞地

开花的地方 | 190

包浆的事物

（1987—2017）

半夜醒来

半夜醒来，忽然闻到
江边的丹桂花香，山坡上柠檬树丛的香气
仿佛看到一个孩子，走下江堤，去舀水

高过天堂的夜，低过苦难的夜
只有一个孩子走下青石江堤，去舀月光，去舀水

重新命名

我把那棵夏天的树叫白色房屋

那棵冬天的树叫火，我把村外的一条河叫牛尾

现在，我要把你叫一场蓝雪，把他叫呼吸

把另外一个人叫咬牙，我把中午的太阳叫露水

把落日叫耳朵，我把耳朵叫坟，把婚姻叫脚手架

把牵牛花叫姑姑，把大蓟草叫月亮

把政府叫出家人，把活着叫桑木扁担

把死去看作是在十字路口问路，等待红灯、绿灯

我知道，所有的命名都没有意义

无论是命名之前，还是命名之后

草还是草，井水在地下汇聚着万物的哭声

落日仍在每天擦过山顶，我把自己叫印刷品，我读天书

我把这首诗叫鸽子跳探戈，我找刮风的人

他打开最初的世界之窗，窗外住着我们的祖宗

他们赤身打猎，在一个全新的世界

那里没有所谓的文明

开花的地方

我坐在一万年前开花的地方
今天，这里又开了一朵花
一万年前跑过去的松鼠，已化成了石头
安静地等待松子落下
我的周围，漫山摇晃的黄栌树，山间翻涌的风
停息在峰巅上的云朵
我抖动着身上的尘土，它们缓慢落下
一万年也是这样，缓慢落下
尘土托举着人世
一万年托举着那朵尘世的花

晴空下

植物们都在奔跑
如果我妈妈还活着
她一定扛着锄头
走在奔跑的庄稼中间
她要把渠水领回家

在晴天，我想拥有三个、六个、九个爱我的女人
她们健康、识字、爬山，一头乌发
一副好身膀
她们会生下一地小孩
我领着孩子们在旷野奔跑

而如果都能永久活下去
国生、东升、锁头、云、友和小荣
我们会一起跑进岩村的月光，重复童年
我们像植物一样
从小到大，再长一遍

一匹死去的马如何奔跑

那些跑过草原的马，活着的时候
也跑过暗夜里的滩涂

在一年又一年的奔跑里
我遇上了它们，孤独的马领着孤独的马群

当我再次遇到它们
那些远去的脊背上，落满了雪花

我正目送它们老去，喘息
大地留不住飞起来的蹄子

它们就像夏天成群的闪电
消失在秋季的天空

在雨洗白的死马骨架里
我用马头琴安顿下我的灵魂

请远方的野火，在星光下告诉我
死去的马如何更靠近心脏和草地

请那些停止了嘶鸣和呼吸
却依然张开颌骨的马头，落泪的死马头

在逆风中告诉我
一匹死去的马，如何在死亡里继续飞奔

万物生

生下我多么简单啊，就像森林多出了一片叶子
就像时间的蛋壳吐出了一只鸟

而你生下我的同时
你也生下吹醒万物的信风

你生下一块岩石，生下一座幽深的城堡
你生下城门大开的州府，那里灯火光明

你生下山川百兽，生下鸟群拥有的天空和闪电
你生下了无限，哦，无限——

从头到尾，我都是一个简单而完整的过程
来时有莫名的来路，去时有宿命的去处

而你生下我的同时，你也生下了这么强劲的呼吸：
这是个温暖而不死的尘世

大地的伟大之处

大地的伟大，就在于它不仅长出了树木、群山
长出大海、飞鸟、矿藏、坏人和好人

它还能如数收回它们：帝王、政治犯、马匹
那些经书、盐巴、话语和一个叫韩文戈的人

包浆的事物

经常有人显摆他的小玩意儿
各种材质的珠串、造型奇特的小把件
有了漂亮的包浆
说者表情神秘，显得自豪又夸张
其实，那有什么啊
在我们乡下，包浆的事物实在太多
比如老井井沿上的辘轳把
多少人曾用它把干净的井水摇上来
犁铧的扶手，石碾的木柄
母亲纳鞋底的锥子，奶奶的纺车把手
我们世代都用它们延续旧日子的命
甚至我爸爸赶车用的桑木鞭杆
这些都是多年的老物件
经过汗水、雨水、血水的浸泡
加上粗糙老茧的摩擦，只要天光一照
那些岁月的包浆，就像苦难一样发出光
只是我们没人挂在嘴上，四处炫耀

去车站接朋友

一个多年不见的朋友打来电话
某日他要经过我的城市
转车回他外省的老家
同行的还有另一人
也是多年的好友
只是这些年，老朋友音信全无
现在，故友重逢
真是一件开心的事，回忆当初
青春闪亮又模糊
我到宾馆订下最好的房间
备下了好酒，计划故地重游
那一天，我去车站接他们
却只看到了给我电话的兄弟
他独自一人，一脸疲态
背着一个黑色行李
那时白天即将结束
暮色渐渐升起在城市上空
当他看出我的诧异
默默地，把黑色行李轻轻卸下
然后说：他，在这里

五月的小酒馆

窗外是雨，雨中的夜晚
我们在小酒馆谈起你，而你作为大家的朋友
一个死去的人，是一个永久的话题
这街角的小酒馆紧挨着更小的邮电所
拐角过去是一个烟酒店，它飘出的混合气息
使人想到乡村十字路口的小卖部
对面，出租了一半给电脑商的书店已熄灯
在邮局、烟酒店与书铺之间
能够看到街灯照亮了细密的雨丝
此时适合忆旧，回忆故人，就像回忆远去的晴天
仿佛沿一条烟雨的河面逆流而上
好吧，我们就这样倾听老友们的谈论
你的美德在众人嘴里进出，犹如烟圈
你的声音重又响起，像酒滑下咽喉，在体内转悠
你的苦楚聚在我们的眼窝里
你已抵达的，正是我们不断遭遇的虚无
活着最难的不是苦难
而是雨丝一样软绵绵的虚空
我们不停顿地帮着死去的你重温往事
有人回忆模糊的细节，有人描述梦到的你
有人提起那些被人遗忘的事
就像在异地的小酒馆发现一张熟悉的脸
不同的人回忆出不同的片段
片段与片段连缀，像雨连绵

我想我们死后也会有人这样谈论

生者谈到死者已不再哀伤

我们多活这么多年，多出来的时间有什么用

此刻，在被雨和五月包围的小酒馆

像从前一样，你与我们在一起

从前的雨，一直下到现在都没有停息

你死后，世上的马蹄照常抬起

比你活更久的那只鸟，从前在你头顶上飞

现在，它偶尔会在你的墓地鸣叫

你喜欢过的女人又在四月恋爱

与你争吵过的人，也坐在我们中间

他眼含泪水，叙述你的另一面

夜深了，我们会像从前一样散去

外边是雨中的街灯

我们各自走进黑暗的雨中

像生者与亡者一起走进混沌

这是五月，花朵开始凋谢

有一座雨里的小酒馆挨着更小的邮电所

一个糖酒店，它飘出的气味

使人回到了乡下的童年，一切都在从前

两个普通大兵的瞬间

硫磺岛战役结束后
硝烟尚未散尽
一个美国大兵就点上一支烟
他俯身把烟卷塞进刚交过手的敌人嘴里
那是一个濒死的日本兵曹
他残破的身体半埋在弹坑
他渴望死前能再吸上这么一口
于是长着络腮胡子、斜背卡宾枪的美国兵
就点上了这支烟
他俯下身去，塞给那濒死的敌人
硝烟迟迟不散，一张黑白照片
完好地保存了
二战期间硫磺岛战役这个小片段
到如今，硝烟里的人类又过了八十年

我们是我们，他们是他们

外边来的人管那叫山，我们管那叫西关山

外边来的人管那叫河，我们管那叫还乡河

外边来的人管那叫风景，叫古老的寂静

我们管那叫年景，叫穷日子和树荫下的打盹儿

外边来的人管那叫老石头房子

我们会管那叫"我们的家"

外边来的人管那叫山谷里的小村

现在，我们会心疼地谈起它，管它叫孤零零的故乡

交汇

暮晚时分，我常常坐在倾斜的光线里
看河口的两条河隐秘地交汇
那时，我的身后，白天与夜晚也在交汇
我的肉身，生与死每天都在一点点地交汇
我看到翻涌的水不断从深处冒出来
就像绽开的玫瑰花瓣，无穷无尽
它们被一双看不到的手分开，然后舒展
又一层层剥去，平息
此刻，不远处悬挂的每一颗苹果
朝南与朝北的两面，青与红浑然圆满
喜鹊与乌鸦在同一枝头交替鸣叫
演奏着我们听而不闻的天籁
我能感到，时辰在不停剥离，远去
而永恒依旧蛰伏，不动声色
不多时，黄昏便已沉重
草木隐进了自身的幽暗，长庚星出现

发光

我们发光，是因为万物把我们照亮
比如生下一百天，陌生的养父母就收留了我
给我内心储备了足够的能量
自此，一生，我都会在人群中与时光为伴
一些人老了，一些事远离了我
另一些人、事又来到我面前
他们发光，我们发光，万物在身边鸣响
遥远的星星呵护着我，像死去多年的亲人
它们垂下了天鹅绒的翅膀

渐渐远去的夏天

是否曾经真的拥有过夏天?

现在，离霜、雪更近了，离冷更近了

地上的事物完全敞开后，正慢慢闭拢

用壳、羽毛或衣服

现在，山坡上的松树已结满松果，小路弯曲着

埋进黄米草丛

那一年，小学生们把松树苗背上山去

把白草坡水库的水背上山去

当我们把树苗一棵棵栽到斜斜的山顶

天已黑下来

大月亮就挂在悬崖上，照亮我们的心

月光下，我能看到自家的院子

狗、圈里的山羊和透出木格窗子的光晕

现在，满山的松树已结满了松果

山雀来回飞掠

我已不会再向上爬去

该说再见了，盛夏

再见了，洪水黄沙；再见了，密林深处的野百合

最后一次陪父亲返乡

最后一次陪父亲返乡，是在二〇〇三年冬天
十二月的北中国，一片荒凉

我坐在父亲的边上，父亲睡在
一个小小的木头房里

过桥时我念出桥的名字，进城时
我念出城的名字，渡河时我就念出

河的名字，穿风时我也念出风的名字
我要让父亲记住这些回家的路标

汽车急驰在返乡之路：我突然想起小时候
爸爸的马车颠簸在乡间路上

拉满垛得高高的玉米秸。我躺在晃动的
车上，仰脸数星星

霜雪已下过两场，地里秋粮渐少
月光照着父子回家的路，像小浪花的河

在流。村边的小学操场
即将放映露天电影。在夜色里

有时马车装满被雨洗净的高粱穗
有时，车上是一大包一大包的棉花

宛若一车酣睡的绵羊。北风吹光冀东山地
燕山准备过冬，失却了往日的喧闹

在那清贫的日子，劳动真的美丽
这不是牧歌，是记忆的珍宝

在深秋闪光。而如今
父亲偶尔也会走出他的安息地

"如果我活着，"他问我
"那匹红马和马车、那些乡邻、那些四季的雨水

可还好？"最后一次陪父亲返乡
是在多年前的冬天，天气晴朗

但十二月的北中国
一片彻骨的荒凉

慢一些，再慢一些

所有的事物都慢一些，再慢一些……像疲惫的马蹄
在水边缓下来
叶片垂落的姿势再美丽一些，死亡也再优雅一些
缓慢的黎明将会重新攀上林梢……像一座缓慢的城
尊贵，从容，懒懒地装满神迹

大地的抓手

清晨醒来，发现自己正抓着床头
灯光下，我也会抓住一支笔
走出家门，登上公交车，我必须先抓住车门
然后是车里的把手
而抓住身边人是不可靠的
当然，如果朋友们一起爬山
我们也会彼此帮忙
可我还是尽可能抓住凸出的悬崖
或从石缝间长出来的树木，像抓住了大地的
耳朵、手臂、门环
其实，这一切都可以看作
我一直在使劲抓住大地
抓住人世里那些根须，诗，弯曲的风
看得见或看不见的事物
以及厚厚尘埃下那孤零零的档案
（奇怪了，有时我更愿意抓住流水）
我怕我被地球甩出去，成为其他星球的陨石

新昌露天大佛

我一生只哭两次
一次是降生
一次是在你面前的下跪

降生是因恐惧和迷失而哭泣
下跪是因找回自己而我心安详

冬夜读诗

黄昏里，我看到他们，约翰或者胡安

沿着欧洲抑或美洲的大河逆行

温驯的、野蛮的河水，逆行成一条条支流

他们来到渡口，一百年前的黑色渡船，晚霞

连绵雨季中的木板桥

农场上空的月亮，草原云朵里的鹰隼

他们在岸边写下诗句：关于地球与谷物的重量，自我的重量

如今，约翰或者胡安早已死去

世界却在我的眼里随落日而幽暗

钟楼上的巨钟还在匀速行走

有时我想，努力有什么用? 诗又有什么用

甚至还要写到永恒

而更深的夜里，我会翻开大唐

或者南北宋

那时，雪在我的窗外寂然飞落

黑色的树枝呈现白色

布衣诗人尾随他们驮着书籍的驴子，踩碎落叶

沿山溪而行，战乱在身后逼近

他们不得不深山访友，与鹤为伴

有一年，杜甫来到幕府的井边

一边感慨梧桐叶的寒意，一边想着十年的流亡

中天月色犹如缥缈的家书

他说鸟儿只得暂栖一枝。而秋风吹过宋代的原野

柳永的眼里，天幕正从四方垂下

长安古道上马行迟迟，少年好友已零落无几
此时恰是深夜
我正与一万公里之外或一千年前的诗人聊天
他们活着时，没人能想到
会有一个姓韩的人在遥远的雪中
倾听他们的咳嗽、心跳，像听我自己的
在我们各自活着时，一个个小日子琐碎又具体
充满悲欢，特别像造物的恩典

朝向未知事物的光

贝克莱说："存在就是被感知"
我不熟悉的那些人
对我来说，是不存在的
尽管他们就活在远方
我们共时活在同一个世界上
我熟悉的那些人，没在我身边
我不知道他们整天忙些什么
对于我，他们也跟不存在一样
于是，一些人去考古，确认从前的遗迹
并让古人张嘴讲述自己的传说

但有一天在公交车上
我听到两个陌生人对话
他们在谈论一桩离奇的冤案
另一些人也凑上去搭讪
车上的人都被激愤所点燃
我默默倾听着
所有那些远方不熟悉的人与事
就都来到了眼前
我们都居住在同一片阳光下
就像我们同乘一辆车
奔赴一个不知名的地方
那里有他们的苦难，也一定有我的苦难

皓月当空

此刻，映照太虚的月亮也正照着我
只是它离银河近一些，离我远一些，我有了阴影
为有这样的月光，我懒得再跟任何人说话

如果一定要多嘴，这个世界就会更嘈杂
所说之事，无非两件：一件是生，一件是死
对于我，生死之间，漫长的时日都在写诗

鸟与光

那些死去了多年的鸟群又盘旋在头顶
古老的光悬垂在我周身
我写到的鸟与光好像太多了
只有继续写下鸟和光，它们才有力量带走我
才能使我挣脱树木与无所不在的意义
把我轻轻提起，在空气中盘旋，像一滴纯粹的水

要命的事

要命的是，我再没力气远离那些不想见到的人
和不想听到的事
就像空气，他们无处不在

就像空气，我根本就无法远离
我让它们在体内自由进出，要命的是
我每天都在无奈中，还要借助他们得以存在

发现

有一天我翻阅一本动物手册
无意中发现一个共同点
几乎在每一种动物词条的后边
都会注明它享有几级被保护的权益
这使我感到莫大的欣慰
为与我一同活在世上的动物们
但困惑随之而来，像我这样的人
该享有几级保护，我也不过是一种动物
是不是我的后背也该注明保护的级别
以时刻提醒另一些动物

惊蛰

我听到以往的事物，从我窗外唰唰走过
它们醒来，汇成远处隐隐的雷声

在惊蛰，遇到的第一个人一定会成为我喜欢的人
在惊蛰，遇到的虫，一定是老朋友，嘿！又见面了

木匠、瓦匠在水边搭建房屋，第一只小马蜂嗡嗡地飞着
铁匠点起了火，他把碎铁熔在一起，打制犁尖

只有一次，活着，旧日子被甩进雪的壳里
旧日子脱下了灰色，生命在重复里变绿

世界每天都是末日，对一部分即将离场的人
世界每天都是开始，对另一部分刚刚降生的人

我长出了新芽，新的肉体
我成为这一天光芒中的一小片

地球醒来，牛羊要出圈了
而我，等待的就是这一天：我是光芒中的一小片

一道小学算术题

一个杀人犯在逃窜，我们追
一百个杀人犯在逍遥，他们互不相识
我们分头追
可有一天他们会走到一起
那就包藏了巨大的恐怖
一千个杀人犯也许会聚在一起
对我们喊话
轮到我们开始逃避，他们追
要是一万个杀人犯集中到一起
那就是一个小小的国度
他们开始谋求自己的主权，选举首领
还可能在冬天的大雪里
发起一场局部战争
如果一百万个杀人犯吹起集结号
占领新大陆
那就一定会引发一场世界大战
而大盗、贪污犯、告密者
也将有他们各自的属地
我们不得不为变小的家园
走上前线，藏在战壕后练习瞄准
身后处处是青山
那里，月亮照亮成片的树木
荒草与树根下，掩埋着太多尸骨

在燕山上数星星

那一年，我们站在燕山上数星星
就像站在家族的祠堂里，念叨古老的姓名
当我们数到哪颗星
哪一颗就在银河里亮起来
当我们念叨哪个人
哪个名字就在族谱上变得清晰

我们在燕山上数星星
它们躲在树林里、月光里、悬崖上的花簇里
就像玉米、高粱被种出来
诗被你写出来，字被另一些人从辞典里挑出来
而远去的青春，过早的死亡，无知的孟浪
被我从即将消失的人群里找出来

鸟群挟裹的星星，在夏夜下起暴雨
黄昏在黄昏峪乡弥漫，夜晚在夜明峪的山谷飘动
泉水在水泉村四溢
在燕山的天穹上，椭圆的星空正在铺展
犹如树冠张开，住满星宿
而我们很小，发着光，跟数不清的微尘住在大地上

燕山的驴子们

燕山的驴子们，能听懂彼此的叫声
俄罗斯或阿根廷的驴子们也能听懂彼此的叫声
我不知道，如果一只燕山的驴子
遇到一只俄罗斯的驴子，会不会在草地上交谈
燕山的驴子与阿根廷的驴子
能不能在一片河谷上聊天
燕山草木间，一只鸟与另一只鸟彼此呼应
英国乡下的一只鸟与另一只鸟也在彼此呼应
如果有一天，燕山的鸟飞临大洋洲
在热带雨林，在阔大的叶片或浓荫里
遇到大洋洲的鸟，它们是否也有相通的语言
我遇到了另一肤色的人，我们语言、手势不通
但我们起码还有微笑，可以点头，拥抱
送给对方一个水果或刚刚烤熟的面包
一句汉语的"你好"，一句英语的"哈啰"
一句法语的"布若赫"
就会把"我"变成"我们"

早春之夜的风

听到风在楼外的深夜点名
废报纸、塑料袋的回答像鸭子叫，树木
有些沉闷，布匹与高压线的声音
如同老汽车在发动，还没回家的人惊恐尖叫

我想起在乡下的日子，早春或者更早的
冬天，北风时常在夜里刮起，临睡前，父亲会说
"开门雨，闭门风，都不知啥光景是个头。"
这是告诉我，早晨开门时下起雨

晚上睡觉时起的风，都不会潦草地结束
我像一只温顺的大猫，睡在他们之间
土坯炕被木柴烧得滚烫。听风撕动窗纸
如同铁匠铺的壮汉，噗哒，噗哒，拉风箱

经过一冬，薄薄的窗纸裂满了口子
陈旧的木窗棂早已扭曲。钻进来的风
在空屋子里转圈，墙上的年画张开来
我整个身子缩进棉被，只留一对眼睛在夜光里

听他们的鼾声。明玉家兄弟四个该多好
他们兄弟挤在一床大被子里。二丫姐妹们也是
因为贫穷，岩村的孩子
都这样，但我不能，我没有兄弟、姐妹

只有风、无边的幻觉和深深的孤独
白月亮照上精光的大地，风灌满幽暗
一家三口，仿佛一只小船，在清贫里漂游
今夜的风在楼外点名，今夜的风从早年刮来

风也点到了我离世多年的父母的名字
我听到了他们遥远的回答，父亲嘟囔说
"开门雨，闭门风，还不知啥光景是个头。"
而我一个人躺在书房，沉浸在往事

在没有月光的夜里，黑暗比从前更重
怀念啊，贫穷的月光——
这么长久地耗损着，我依旧孤独
漫漫的风吹透了中年

九月

到了九月就到了最高峰
一年里，此时是秋天
余下的日子将一路向下
在山峰的阴面呈现
白雪覆盖头颅
能抹断脖子的小风，吹下来
吹过人世
我在九月眺望来路与去路
万物相互依偎却从不曾彼此拥有
人们开始顺畅地呼吸
并在白天熄掉照路的灯笼
夜晚的星星又圆又大，像旧唱片在天上旋转
我们的祖先不必在树叶后哭泣
孩子们也不哭泣在未来
天地旷达虚空，无边的宽恕
甚至仅存的雄心也将化为峰顶的浮云
到处弥漫秋天的气息
水自己推动着自己

在一种伟大的秩序与劳作中

当我登临燕山，不经意地四处环顾，俯瞰
我看到了我的来路、陌路与歧路
一道道山脉在大地上浮动
而河流因山脉的走向决定了自己的流向
风吹着山巅、水库、房屋与耕牛
像吹着柳树枝条，吹着一万根天鹅的羽毛
像吹着我的泪滴在空气中落向山脚

燕山紧贴地面犹如倒置的星空
松树，黄栌，银杏。柿子与核桃，槐和栗树
以及杂树中的红墙庙宇、放羊人
全都纳入洪荒的秩序里闪光
这要是在白天，上午或下午，有人会喊我回去吃饭
会叫我打核桃、摘花椒、开垦梯田
或肩挑河水浇菜，在山溪里淘米
而如果我写诗，那也与割豆子是一样的
与数星星是一样的：此时又一颗星星降下来
稍后，月亮会水泡似的从山谷后边升起

这些既定之事，存在于存在之中
在巨大的劳作中，我也劳作着
就像树木、苔藓、昆虫、露水和我的交谈
就像夜晚升起的万籁与星光
我们在彼此的秩序里平静呈现

在这恒定的呈示里，我做的所有事都只是一个过程
我在其中，像一段不曾消逝的光
光与时光都不曾扭曲和停滞
当我悟到了这一点，我无力地哭了
但这不是因我的有限而羞愧——
浩瀚里的落日，茫茫

与一只头骨化石对视

我确信那是人的头骨，他比我先到了这里
不确信它曾经属于谁
它是如何死去，并沦落到此
我不确信它生活的年代
但我确信，现在他离我只有两米
中间是疯狂的春天，草尖正钻出地面
我不确信，我们也许相距了十个世纪
中间是无限的轮回
我确信最空的将是它那双眼
那里只有两个小小的孔洞
当我看到那颗头骨，无论它曾经属于谁
它现在都在与我对视
如果可能，我们或许正在交谈
像子夜遥望正午
我确信，活着时，他的眼睛接纳过整个世界
那时的阳光同样照亮这苍老的山脉
我确信他眼里曾充盈泪水
我不确信，他是否也看到却不能说出的秘密
现在，我确信看到的是一双空空的眼眶
空气和小昆虫正穿过去
顺着他的眼眶，我看到他头颅后边的世界
夜晚将再次来临，覆盖这座灵魂的老屋
我确信，这样一颗钙化的头颅
比大地上所有雕像更生动

城郊垃圾场

我们每天都背负着尘土到处走动

在正念、邪念之间

我们洗澡，洁净，聆听教诲，自修

在星宿下静默，忏悔

或跟一本书对话

在大风里享受风吹

我们出没在一个更大的垃圾场

整天做着无用功，折磨柔软的光阴

随时制造出大量废物

污染亘古荒野

塑料袋，玻璃瓶，写满爱情誓言的纸片

避孕套，光盘里的歌，生锈的锁

过期的药片

假肢上停止走动的手表

每天有上千吨的垃圾被车运来，奇异的思想

犹如苍蝇在空中飞

我看着他们把垃圾分类，贴上标签

余下的被销毁

就像人一旦毫无用处，也一样被自己废弃

或被别人焚烧

连同人身上的尘土，脑里的执念

以及骨头里还在工作的扬水泵，钙与盐

佛尘

请允许我用整个一生
来做一件事
每天凌晨都轻轻掸下
佛陀身上的尘埃
然后把它们收进一个
画着星星图案的陶瓶
在我即将老去的某个日子
我会最后一次回到故乡的群山
提回泉水
在日光与月光的辉映下
我把那些微尘搅成泥
再按我自己的样子捏成一尊佛
慈悲地望着尘世

厌倦

我周围，那么多人都在急于表达：愤怒、谴责、正义
足以证明，真理就在他们那一边
以及关于这个世界的诗篇，硕果仅存的诗
唯一看不到他们的忏悔，自省
以及哪怕一点点卑微和细小真实的爱
仿佛他们生来就是一个个圣人——遗憾了，我不是

在霜降，在立冬

冬白菜大军，土豆大军，落叶与蚂蚁大军
拥满了世界，都在回去的路上

羊群与干草大军，树枝上的红山楂大军，秋蝉与鸿雁大军
都等在深秋的窗外

菱角大军等在秋水里
麦种大军撒进了土，等待第一场雪

野罂粟大军隐于它自身的疯狂
等待火的伤口

我们则自称人的大军，命名与判断的刀斧手
拟定着野兽的秩序以及悼词

让蜜蜂盖起纸浆的房子，照料剩下的蜜
让啄木鸟备好劈柴，照料独自的腐朽与温暖

让主妇储好青菜和粗粮
照料我们的家

在光抵达不了的地方，是无限
在我看不到的地方，是寂静的虚无

在库布齐沙漠

起伏的沙漠，到处都是黄金与盛世的骸骨
这还远不是全部，风继续吹出沙子藏起的时间的形状
像一道道细小的波浪
如果此刻有人谈到另一个人的死，或谈论他自己的死
没人会感到惊讶，他们正震惊于眼前无尽的时空
站在一条正在枯干的沙地小河上，微风吹动红柳与芨芨草
不再谈论死亡吧，所有人想到的其实是生
生也是不能谈论的，它与死一样
一对孪生姐妹，居住在短暂的白天，漫长的夜晚

走兽

地上的走兽就是泥石流中的房子

汽车

露天煤矿

占地十亩的古刑场

火山

大队部西墙上陈旧的花名册

旧报纸

人们嘴上的坏人

熊瞎子

远方高大的桉树

伸向废矿井与大海的铁路

中世纪俱乐部外的码头

墓碑、法典与麻雀

这些事物在一个夜晚与一场大雨之后

一次洪水与地震之后

开始在大地上行走

它们带着人类的哭号、疼痛、失爱

在噩梦中奔跑

我从时空那边……

我从时空那边传来的低吼
猜测一群正在发怒的人
而我们之间的虚无不是无
是一种名叫虚无的物质
我从不直接去写火焰
但我从灰烬往回写
也会写到你的火焰和青草
从成堆废弃的话语里
找到溜掉的时间和往事
我从不写你的面具
和你搬来搬去的家
但从你的电话号码
我依旧找到一个人，一颗心
我从不写
被绳套勒住的那个人
但我写从绳索里钻过去的风
写绳索套住的马头
当那绳索悬在我的诗里
我仍能回想到
那个绝望的人
我不写那眼井如何幽深
我写月亮泊进井水
我想我写到了空洞
我写一道影子和距离

但我不写与影子相连的事物
当我写到虚无
我知道我并没有去写缺失
而是在写影子的移动
我只作为影子陪着你
但我不知道我是谁

孤独是每个人的，别人不知道

安静又无聊的时候

我就挨个想一遍认识的人

就从身边想起，从现在，到过去

一直向后想，再向后，就到了小时候

没有血缘的兄弟姐妹，藏猫猫

就像有时，我挨个琢磨写过的诗

哪一首能够留住

我一首首掂量、甄别、取舍

能留下的越来越少

可以留到最后的朋友也越来越少

以为青春可靠，它已溜走

以为还有中年，它正在溜掉

这样一遍遍地想，一点点回忆

唯独可以托付心事的人没有几个

我们都是不同的书展开的情节

无论怎样，都不可能叙述同一个故事

最后，想要托付的心事也会离开

凡事都成了身外之物

也许最终剩下的，都是最初的

而孤独属于每个人，别人不知道

雪泥中的马车

一辆马车趴在城外的雪泥里，拉车的马儿老了
赶车人举起长鞭，只吆喝，不抽打，他的声音传进城中
在我听来，就像当年，我爸爸那样

风慢慢移动

风慢慢移动，把向阳的一面移进阴影
把河流从山前移动到从前，把一个孩子移动到暮年
把所见和喧嚣移进无和空
把人世慢慢移动，慢慢移到树下的黄昏

风继续慢慢移动，把灰烬移进初现的星星
把双手握住的羽毛移植给凤凰
把土里的秘密移进阳光，把我像一只钟移回往事
把地球的另一面，咬牙移动到河边的清晨

活在阴历里的人

我爸、妈不认识几个字，更不懂算数
但他们心里总把一些农历的日子记得清楚
庄稼种子在农历初几埋进了土里
铁厂、火石营、岩口镇的集市都在哪一天
家里的牛羊和母猪是阴历初几配种的
母鸡在初几抱窝，开始孵上种蛋
多年前的那场洪水是几月初几下来的
哪一年哪一月的阴历哪一天，大火曾烧过山
那些姑姑、舅舅、姨妈的生日
那些死去多年的老人的忌日
他们都能随口说出
随口说出的还有二十四节气
惊蛰日，处暑日，三伏天，三九天
但有两个阳历的日子却除外：
一个是十一国庆节，一个是元旦阳历年
只有这两天，他们的儿子才会放假
从山外的高中回到他们身边

复活的黄昏

一张老照片复活了一个久远的黄昏

那里，有人拖着生锈的关节"咔嚓咔嚓"走在暮色里

我会听到照片里传出虚弱的咳嗽声

一座带矮围墙的院子内，隐蔽的水井，发出唰唰的雨声

贫穷的秋风已越过屋脊、柴垛、落净叶子的梨树

钻透木窗棂上开裂的窗纸

黑色屋瓦间是一片片枯黄的塔松

粗糙的阳光抚摸光光的大地

并排坐在榆木长凳上的农家夫妻

以及站立着、倚靠在他们膝盖上的孩子手拿着弹弓

近处是干粗活的乡民，远处是隐隐的群山

黯黑正从人们的头顶降下，测量往昔的深度

无论幸福还是苦难，老照片都要流出老事物的泪

一个泥瓦匠，排列起落日下的万物

他是那么小心，一点点地，用虚无抹平了最细小的缝隙

马灯

风小了，可以把门廊的马灯灯芯调低些
这样，干草、牲口棚、沉睡的马匹便暗下来
像前天以前的某一天
重新把面纱还给世间诸物
周围的寂静和心跳会更凸显出来，证明没有什么在死去

当风大起来以后，一定要把树上的马灯调到最亮
让光束穿透风，犹如大起来的雪片压弯枝条
借着光亮，有人在风中的村庄走动
他踢翻碎瓦，大风踢翻石头，它说：沙子，纸，名字
他能够看到每一个失踪了的人

息壤

洪水过后，你外出寻找息壤

你走了太多地方，土地越发贫瘠

如果找到它，你会栽下两种树

一种是你在北方拥抱过的白桦

一种是在遥远的南方，你迷醉过的桉

它们都因秀颀而耸入云端

接着你要辟出一个菜园，种上芫荽、韭菜和新豆

养一群菜青虫，让它们咬食老叶子

那声音像月光在低吟

多年后你失望地重回故乡，邻居们

依旧在你种植过的土壤上插犁

那些村南、村北散发着土香味的田野

河东、河西的玉米、桑与苘麻

与你离开时一个样，只是耕作的人老了、死了

你的父母，牛马，所有亡者的骨殖

都随着肥料撒进了土里，蝴蝶飞来飞去

你想这就该是你找了半生的息壤

你终将在最后一刻把自己栽下，在故乡的土地上

像桦树、桉树的孩子，生长在它们之间

随着泥土的呼吸，高高向上

内心的地标

有人告诉我，找人就去大庙找吧
这里的人平日都去那里
我走遍这个小村
也没找到一座庙宇，但却遇到了人群
他们说，这里就是大庙
大庙没了，那是多年以前的事
但这里还叫大庙
村里没见过大庙的年轻人也是如此
将来出世的孩子也会一直叫下去
消失的大庙成了人们心里抹不去的地标
就像有的村管桥的遗址叫老桥
把那棵大槐树曾生长的地方
继续喊成大槐树下
管一片早已铲为平地的墓群叫老坟
而把废弃多年的小学叫小学堂
白天，这些地方充满尘世的喧闹
夜晚星光下，露水打湿寂静

避风

山中突然起了风，我走进山阴处的松树林
我、树林、山脉都在风中摇晃
在我不远的地方，有一棵树一动不动
它的下边，灌木丛也一动不动，树上的松鼠一动不动

整个树林都在摇晃，我也在摇晃
唯独那棵松树不动，树下的杂草，树上的松果都不动
事物总有意外，人总有幸存：
当时间从所有人的头颅撤走，总有人不死

山下避风的人看不到山中的我，也看不到我避风的树林
我们都在摇晃，但总有一棵树纹丝不动
大风过处，所有事物都在顺风弯腰，我也是
但那棵树挺立着，像黑暗里，总有人会在体内点起一盏灯

事物的合理性

地球大到足可让你觉得
它不是个球而是一片辽阔的大陆
谎言足可真实得使你以为你活在真理中
人们赞美生活的温暖与爱
足可叫你以为生活就只有温暖和爱
苦难也像五月的鲜花
从生到死，大家就在花簇里消磨时光
感受时光似流水
当我少年时第一次知道
我们所居之地悬浮在众多星球之间
我恐惧，随后习以为常
日月辉映着我，百草芬芳
当罪也足够大的时候，就没人再怀疑它
而是急迫地找到它的合理性

鸽子飞起来想什么

鸽子飞起来，那凌空的一瞬，它想什么
苍老的河边之树，在日暮行走，那树想什么
浮云在空中飘成的庙宇，庙宇会想什么
我想拥有鸽子、大地与浮云的遥相呼应

那些飞溅的水碎在岩石上，疼痛的花，想什么
那些零落的时辰、草叶和故居在想什么
你要张嘴说话：这个薄薄的黎明
那刚刚降生的女婴，她一边哭一边想什么

那沉寂多年的，檐下的钟，想什么
曾经走过的路，穿过荒芜，那沉睡在想什么
那晃动在空气里，某日某时，与你擦肩而过的人
越来越低的头颅，风洞穿眼睛和耳朵，风想什么

我想拥有那些钟、青铜和黑铁、震颤的空气
我想拥有端坐的白昼与另一些失忆的夜晚

故事

那个我们都认识的人上山去放羊

青草就在羊群脚下顺风铺展

一个哲学家就会在山顶纺毛线，一个画家

就会帮他染色，物理学家会去买剪刀，剪羊毛

一个僧侣会照着身边的事物设计图样

老诗人骑着驴子、新诗人骑着摩托来到野外

测算古今月光哪个更细

而铁匠在敲打铁坯子，他软硬兼施拆装世界

唯独有个商人乘坐纵帆船

孤筏重洋，抵达恒河数沙粒

那些内心落寞的皇帝坐在沙漠中央

他们轮流到枯泉边敲钟

想让人们同时扭过头来

只有我们还在田里种庄稼，养活他们

我们更喜欢天文学家讲述文学家的故事

开篇日升日落，中间白驹过隙，尾声天长地久

在那片空地上

我一眼就认出，那边曾有一株梨树，并排着三棵
杏树。在一棵香椿树下，是一大簇芍药花

年年谷雨，自己抽芽
那些年的春天，有一群羊，领着一茬茬羊羔

在这边吃草。我一眼就认出，那片草地还在
多厚实的草啊，几只蝴蝶在草色里飞

而远一点儿，终年站着一些草垛
麦秆、红薯秧、玉米秫秸，男孩们在草垛间穿插

"开始吧"，女孩们喊，他们捉迷藏
从云朵一般高的尖草垛上，扑向另一边的软麦秸

再远处，顺着我的手指，有过一个养殖场
骒马、驴子和黑牛。墙外，伤痕累累的老槐树

托着一只巨型鸟巢，瞪着空眼睛
屋檐下，是一排紫燕的泥窝

在干净的场地，人们摆过迎亲的筵席
而路口的小庙前，走过送葬的队伍

我一眼就认出了，那片空地曾存在过的事物
在我之前，我不知道还有过什么

一阵风，一汪水，一伙小贼。在我之后
也不知道将发生什么。如今那里只是一片空地

我一眼就认出了，现在的空旷
白天跑过野兔，到了夜晚，是狐狸与幽灵

跟小时候一样，一切都在夜色里奔跑
是时光在追，他们都不敢松劲儿

我一眼就认出了，什么在捉迷藏
是谁被追上，谁正迷失，谁又被黑暗隐藏

三个月亮

南方的月亮，怎样抵达，都是念想
比如这个泊着圆月的夜空下
我儿子正行进在南方，在去往闽南的
从军路上，即使已到营地，我掐指算来
也不过刚好吃上军营的第一顿晚饭

而无论是哪一年的哪一个圆月夜
北方的月亮都显得特别安静
我总会想念更北的小村
安息在山冈上、果树下的亲人
月光幽幽，往昔模糊，像这样的日子
正逢玉米噼啪回家，麦种唰唰入土
大田里青壮年趁着明月耕作
老人居家烧水泡茶，招待邻村亲戚

现在，我独坐南北之间的第三轮月下
月光照进窗子，状如流水还乡
月光也映亮满屋书籍，神秘，寂静
当我走出房间，月亮就到了头顶
幸运的是，我活在人世这些年
天下总还算太平，诗就显得多余
三个月亮依旧古老，它们踮着小脚丫
踩过了辽阔的民间，以及土里延伸的根须

种子

爸爸走了以后，我已如孤儿
旧日子也一个挨一个走远
当我回到老宅子，收拾杂物
在厢房，看到父母用旧报纸和大小葫芦
包裹、盛放的种子
那是芸豆、烟草、谷子和高粱
看起来，它们被藏了很多年
想当初，他们一定像护佑自己的孩子
珍藏这些籽实
在他们眼里，种子不亚于另一种血脉
薪火传承，大地一派生机

我曾把这样一个情景写进过我的诗：
在遥远的春天，幼小的我被放进
爸爸那副担子的前筐
而后筐里，他装满了种子、农家肥
以及给我预备的水壶、零食
妈妈跟在爸爸的身后，一只母山羊
跟在妈妈的身后，它的奶汁喂养着我
这就是当年我家的写照
直到我变老，直到我们这代人一同变老
太阳向西移去，黄昏渐渐升起
不绝的种子依旧深藏人世

一堵废墟上的老墙

很多年前
这堵老墙就出现在我面前
现在它残破着
仍独自站立在村庄的废墟上
上边曾吊死过一只狗
也吊死过一个荡妇
有人在墙下被五花大绑
有人在墙上画过漫画或人像
到了今天
墙上不同时期的标语口号还清晰可见
那些从墙下走过的人
都死了
风反复吹过去
到了晚上
我能看到脸庞模糊又轻飘的人
打开墙上隐形的门
他们走进去
但没有一个再回来

老光芒

去过一些名人的家
越老，他们的家居就越简单
岁数最大的那位
成就也最大
依然住着老房子
整洁的家，阳光照着临窗的植物
室内装修简易而陈旧
摆着老写字台、老沙发、老电视
墙上，巨幅黑白合影
留住了曾经的激情时代
一盏老式落地台灯靠着老书架
老伴儿陪伴他一生
这些老物件共居一室
彼此辉映，时间的老光芒

从悠长的午睡中醒来

从悠长的午睡中醒来，我仿佛已死去
窗外的天空正在剥落

河流被一队队骆驼驮走，黑色的鸟搁浅
空谷里，我听到天使落地的声音

最后的蔷薇如柔软的呼吸，慢慢铺到了山腰
浓荫下，困倦的人们仿佛从未来返回

而很久以前，天下的母亲都还安在，大地干净
银子的白昼，香瓜的夜晚

简单的先人，安于清贫，把日子拾掇得井井有条
白云笼罩的江山，耸入天堂的乔木

无限平整地展开着他们的家乡
那也是我蔚蓝色的前生，我粗布的故乡

遗忘

遗忘就是把遗忘之物包进纸里，再选个雨天
把它烧掉
把枯萎之物沉进水底
那些酒来自粮食，稻壳、麦壳接近谎言，被倾倒
那些愤怒来自找到又丢失的人：那人不曾存在
一个男孩像块不诚实的布，反复擦拭自己的左脸
遗忘就是在疤痕上，描出一朵花、一句话、一只鸽子
然后再让那花隐在草丛，让那句话死在黎明
让那鸽子找不到家
就是一群找井的人，簇拥着一个饥渴的人
众人挖好一眼井，饥渴的人爬下去
地上的人再把井填平，竖起一块碑：过客肃静
此地有水，死去的人在喝

谷歌地图

打开谷歌地图，看到群山、城镇与海洋
在我眼里旋转
也看到地球之外的空间
群星闪烁
当我从我在的城市开始逆行，曲曲折折
直到我的原点，燕山河谷里的岩村
那里，我看到了父母、祖先们的墓地
牵牛花爬满黄土
而在宇宙永恒的光照中，在地球上
我看到所有先贤们的墓地
那么多人都已死去
现在已没什么值得称为大事了
即便如此，我还是眼含泪水
当我不再为谁哭泣之时

敞开的秋天

秋天一下子敞开来
我关上门，不想说太多
再过些时日
轻浮的事物会沉静下来
收回它们孟浪的话语
失败的人
在另一些人的注视下抹掉眼泪
苍老的妈妈会说：孩子，坚强些
爱情也会水落石出
浑浊的江河
渐渐澄澈为明镜
照出万物的灵魂，或黑或白
但是，我要闭上嘴
不再是个愤世嫉俗的人
整个漫长的夏天
天下有多少不平事
我已倦于在人前说出多余的
"当太阳出来的时候
我能看到小鹿和小羊在草上跳跃"①

---

① 最后两句选自大凉山彝族的一首山歌。

谈固北大街

小区门口开了一家红漆佛堂，边上是佛教协会
另一边是美容用品传销机构
对面，一座拆迁来的天主堂耸着圆顶
天主堂的左侧是家药店
右侧，很小的铺面，一对老夫妇在卖驴肉火烧
佛堂在东，天主堂在西
相隔着谈固北大街
工作日，我要从这条街赶去上班
礼拜日，我会看到一些人聚到天主堂
求生的人都会在谈固北大街上来去，像盲目的风
信件会从佛堂与天主堂之间寄到我手里
大部分寄信人都很陌生
无尽的白昼与夜晚，我在这里写诗
佛陀与天主离我一样近
我在尘土里守着他们，也守着众生
我就在他们与众生中间忙碌过每一天

秋天

地上的事物走到秋天就走成了一匹匹枣红马
它们飞奔过蓝色的湖水向更远处去了

天上的事物飘到秋天就飘成了一缕缕轻烟
风硬起来，吹开星辰间的缝隙，天显得更高了

云雀

云雀一边叫，一边飞向苍穹，仿佛一枚会唱歌的钉子

被云朵吸去

然后风托举它，悬在云中，一动不动

但它唱着嘹亮的歌

在冰雪闪烁的冬天

我在它刚刚离去的荒原上，也一动不动

很多人疑惑着仰望它，只有我知道那是一只鸟在唱歌

只有我知道，云雀的上边没有天堂

众人的脚下也不会有地狱

我们却有自己的密语：交谈、号哭、挣脱

敲着锁闭的门

风吹麦浪

风吹去了什么，麦浪又在摇着什么
我知道那里一定有什么在隐身
那些费了好长时间才隐形的事物
最后还是被风看到，被风吹动
我看不到它们，它们离我那么近
小时候爸爸举着我过河
那么近我也看不到他，我只看到了天空
妈妈抱着我辨识昆虫、草与庄稼，她也曾离我那么近
那些被风从麦梢上吹走的事物
吹走就不再回来，那些无名的事物
把命运托付给这无边的麦浪，然后让风吹
像一块木头，失去了它的香味
那些盛年，先是拥有，随后又失去了它们的黄金

夜宿燕山

傍晚，到达山中小镇，向西北
再爬二十里山路，才到我们岩村
看天色，要在这里住上一晚——
而那一年，我十四岁，我们五个孩子
在镇上读初中

报到后第一个周末，顶雨
走上回家的山路，要经过十八个小村
它们像一株苦瓜上的十八片叶子
我们就是五只青涩的瓜

在雨中飘摇，打闹
眼看到家了，却只能隔河相望
还乡河浊浪拍岸

雨里，我们看到对岸屋顶低低的炊烟
偶尔闪动的人影
现在，我已满四十八岁，一个暮春夜晚
我独自在小旅店住下来
遥望山风刮动的夜空，一颗大星是菩萨的脸
照着无处不在的往事
我仿佛听到岩村的狗吠、婴儿夜啼
马匹仰头打出响鼻
老邻居隔墙搭话，谈论明天的天气
多少年，我走遍数不清的州府、异国他乡
唯独眼下这进山的路，走得越来越少
像一个汉字，我夜宿在一封旧信里

像一个姓名，睡在故人的嘴上
幸福是什么？此生还能拥着故乡，坦然入睡
像今夜，燕山和我，在那颗大星的触摸下
哦，告诉我吧，现在几点钟？

我弄响了树叶和他的灵魂

我从那些叫年、月、日的物质中穿过
它们方方正正，被码起
它们的缝隙间，我遇到吹来的风
遇到一些叫喊的贼，一些安静的疯子
遇到自称朋友的人，一些丑陋的敲钟人
我遇到另一个我，长长的影子，抖动风声
我踩住我的影子，有时它尖叫，就像金属被折断
我活在阴影与大块阳光之间，陷在最深处
直到底下的水声把我轻轻浮起
在玫瑰与枯枝之间，意义与虚无之间
在古战场与村庄之间
山谷与河湾之间
我走过很多寂静的地方
那些寂静是万物的最后回声
我会遇到死在我前头的人，他不经意地回头
看到雨正擦净他一生的痕迹
当我走过
我弄响了树叶和他的灵魂
那是他从前的书写纷纷叫出声来，一只猫
跳过落叶和尘烟。在闰月
在流年

跟少数人在一起，变成少数人

跟少数人在一起，变成少数人，是智者
跟海水在一起变成盐，是忍者
跟书籍在一起，走进去，成为文字讲述的故事，是隐者
跟自己在一起，藏在体内，变成更小的自己，是禅者

我只想跟傍晚的风在一起，刮过少数人
刮过海上落日、盐以及沉睡的文字
我会成为浩荡的风，骑上夜晚的落叶与黑暗
与无处不在的细小的我飘荡，目睹万物的改变

当天空出现第一颗星星

当天空出现第一颗星星
地球上至少有一半人看到了它
那些燕山里劳作的人们抬起了头
在幽暗里，那些抬头仰望的人，显得特别孤独

宿命

——读陈律

我的一生注定走不出那伟大的孤独
我也从不像聪明人幡然醒悟
我有着在现代人群里保持古典性的本能
我亦有着配得上那份伟大孤独的伟大专注

储藏

挖掘是为了掩埋，但有时候

挖掘是为了收藏，到了秋天，当我放学回家

太阳快要落山，燕子擦着树梢往回飞

我能闻到炊烟里的草木味

夹杂一种新翻泥土的气息

看到夏天栽种黄瓜、茄子或烟草的地方

已经挖出个深坑，父亲在深过头顶的坑里

仍在向上扬土

赤裸的上身流下汗水

我知道他在挖地窖，到季节了

父亲总要在同一个位置挖，三米长

两米宽，两米深，然后把木头

和成捆干枯的玉米秸，搭在上边

用刀砍出一个方正的出口

漫上土。我喜欢新鲜泥土的气息

切断的细树根的气息，以及即来的雪的气息

菜园里的白菜、萝卜，大田里的甘薯

果园里的山楂都在等着回家，它们

将在温暖的地窖里过冬。而到了春天

土里的芍药根会再次钻出地面

灰色的小蝴蝶，停在芍药的芽尖，那时候

父亲会扒掉地窖

平整土地，栽上大葱和蒜

我慢慢成长，大地结出的果实

年年都储藏在这里，直到又一个冬天

几个壮乡亲在我家的果园

刨开果树间的冻土，这个向阳的山坡上

睡着我数不清的祖先。现在，壮汉们浑身蒸腾着

热气，他们在为我父亲

挖掘墓穴，我要把父亲和母亲合葬在一起

这时，山下的还乡河已被冰封

两岸的柳树、杨树像灰色的袍子随风扭动

山坡上的苹果树、栗子树沉默不语

再过几个时辰，我父亲

会被安顿在这里，他的灵柩紧挨着母亲

我将铲下第一锨土。父亲走了一生

最终才回到了自己。露天地里的果实

都将被大地储藏，而春天一到

这里将花开鸟来，山下又忙着种植，繁衍

许多年来，一直这样

掌纹

早年里，握过的树干、犁耙、辘轳上，掌纹还在延伸
月光安静地照着

灵魂随时刮过

灵魂随时刮过所有人的故乡，如被放逐的白云
一只鸟听着人类丑陋的声音
一群鸟惊恐地飞

在江边，浩荡的芦苇藏起闪电
一棵芦苇，瑟瑟，颤抖

我的灵魂只刮过自己的故乡
如同锦衣夜行的人，悄悄回家
如同千里迢迢的大雁，穿过河谷、尘风与炊烟

故乡是被放逐的白云
灵魂是大雁

瞬间

很多年前，在冀东山地
一个盛夏的清晨
当我走过石板桥，来到村外
当我回过头去，向这个山中小村默默告别
只一瞬
世间巨大的宁静漫下来
一只野鸽子醒着，但只睁着眼
趴在巢里一动不动：它看着草丛里沉睡的兔子
小河轻轻淌水
而更使我惊呆的
是第一缕天光抹在群山、河谷与村庄之上
那是一种纯白、透彻的光
足以把一个贫穷的黑夜洗净
把鸟兽与我的一生洗净

回声

多年前，我们一起来到太行深处
嶂石岩，东方最大的回音壁
群山中，面对刀削的绝壁，我喊出我的名字
而回声迟迟没有传来
一对双胞胎，一个迷失了
另一个就再也找不到家，在人世流浪

我一直等待那一年喊出的名字，盼它穿山越岭
早点儿回家
也许到了老年，历经生命的奇迹之后
青春的回音才会传来

这就像秋天晚上的田野，霜、露渐冷渐重
我们抓紧晚上的时间掰下玉米
为播种冬小麦腾出土地
不经意地，在收走了棒子
还没来得及撂倒的玉米田里
两匹白天走失的马，老朋友一样
把喷着鼻息的马头，探山月光密集的青纱帐
伸进我眼前的幽暗

夏天的回忆

从晾衣绳上摘下衣服，夏天的单衣
我轻轻抚平，叠好，放进衣柜
仿佛抚平了一夏天的折痕，并把远去的日子寄存起来

我嗅到了花椒树的气味，海滩和粉白围墙的气味
我还分明听到风吹过青纱帐，细雨淋湿了屋顶
窗外的阳光唰唰走过，像一群赶路的蚂蚁

喜鹊（二）

有时候，我想窗外那只跟了我多年的大喜鹊
一定背着一座音乐厅，灯火通明
如果一个绝望的人从它下边走过
一定会听到一场交响乐
而我一旦渴望沉寂、安静、睡眠
大喜鹊会给我背来一座午后的花园
当我累了、厌倦了
它便驮我飞进黑夜，那里有一座明亮的音乐厅
一座安息的花园

最后的赞美

闲下来，我们有时也赞美大地，我们栖身之上
赞美河流的入海口，吹响叶子的白杨树
以及隆起的山峰，陷下去的峡谷

星光漏下来，细雨也会抚爱它们，抚爱一张脸
我们最后还要赞美一次大地，那时我们即将化为泥土或歌声
有些流入大海，有些长出树木，高高的树木

禅院钟声

冬天早晨，弯月亮泊在西山墙的斜上空
幽暗处，一枝老梅探进禅院
院子里的风，顺着枝头滑出去了，刮向四散的村镇
钟声从远方传来，空气涌动
山路上，一个禅师踩着霜迹，他手提两桶水，两桶水晶
他的水晶越来越多
我也挑着水，在这样的钟声里，走了快五十年
我的水越来越少

一份清单

生命的长度就是一张隐藏的借据的长度

我们都是债务人，一辈子慢慢还账

从童年起，我就看到你跟父母借来肉身和故乡

以延续一种似是而非的未来

并跟警察借一个终身不变的名字

在名字四周撒下草籽

向来去的鸟雀借来翅膀，再跟土地借来盐与钙

就跟乌鸦借来歌吧，使白天有了夜晚的意味

跟一茬茬人借来此消彼长的道德律

使万物中的一部分有了合法性

另一部分成为缺失

还要跟盲人借来光以看清身边的盲道

向哑巴租借母语，你要替他说话

我替往昔说话

向旷野租借国土展开辽阔的生活

向流沙借来时光，向永恒借来瞬间

向子宫借宁静

跟黄昏的白杨林借氧气

向十字路口借租一个祭奠自己的道场

然后我们在大地上行走，观察鸿雁列队飞过

到了中年，你我就要把租借来的事物

一样样还回去

早年的照片已还给发黄的岁月

我看到你把你的姓名还给同名同姓的另一个人

直到把疲倦的肉体重新埋入租借来的尘埃
它们像衍生的利息，使灵魂变轻
在空气里，在人们之间飞翔，等待轮回

动静

多年不见的人，会说到我的失踪

可我根本就没动，是他们在动

我不动，我才看到身边的落花在落，流水在流

才看到他们的笑与哭

我不动，我只守着我的寂静

寂静就成了磨刀石，停不下来的嘈杂是那把刀

我看到山脉从来不动，水绕过山谷远行

山是一块磨刀石，流水是刀

有时候我会感到万物正在老去

我知道，时光并没走，它一直在我身外堆积姓名的落叶

当我站在海边，海水在涌动

其实大海也没动，只是盐在它体内翻涌

我还能看到，山冈上的古塔也不动

只有风从塔内吹过

旧的空气离去，新的气流即刻盈满空无

我一生认识的字也不动，是纸在动

是火在燃烧，而文字记下的故事在火里重生

就像宇宙永恒不动

是太阳、星星和地球在动

我从不会死，老去的是我租住的小小肉体

我的灵魂依旧在空气里飘着

它还会回头看到曾盛放它的肉体

此刻，灵魂是磨刀石，肉体是正在磨钝的刀锋

写下不一样的诗

我看这就是诗：
成队的驴子在大草甸上
吃下鲜花
它们饮光一条穷人的河
鼓风机
吹出一只碎了的木头胳膊
一条落日的前腿
那个不生育的高个子妇女
飞过平原和我家屋顶
找到风暴簇拥的
大海的子宫
我在自我中孕育
而火药孕育着牛排、生姜和硝石
你看，干草垛林立的星星周围
我挖出了井水和上帝的泪
来吧，谁渴，就喝下去
蘸着九月的盐和蓝色向日葵
哦，当我们从十月返回
谁还会说：这不是诗

在湖南夹山寺喝茶听禅

一六四五年，兵败的李自成来到湖南夹山寺隐居
他自称奉天玉大和尚
白天，他忙庙里的佛事，供养菩萨
晚上他会在星空下打坐
满山樟树、茶树、灵泉围绕着他
夜深时，趁着鸟兽酣眠，他睡进地宫
而无论是白天还是夜晚
他那颗曾经的玉玺总要藏在井里
等待梦中的李家江山来打捞

二〇一五年夏天，我和一些写诗的人
也来到夹山寺，品茶听禅
茶禅一味，使我们忘记今夕何年
稍待，窗外光阴如注
我们刚刚路过的栀子树
一树白花猝然间只剩三两朵
茶舍里，禅乐舒缓如呼吸
而山谷里蝉叫声声，显然，此刻还不到深秋
天空澄澈，鲽水平静汇聚而深处在涌动
丛林中，一片早凋的叶子
掉落在闯王坐过的青石上，随后被风吹起

爸爸和妈妈

爸爸、妈妈有时候会念叨起他们老去的朋友
那时，他们会感叹，日子过得真快
人说老就老
现在，回想起他们说这话的情景，如在眼前
但细想想，花开着，花落着
他们已离开了人世好多年

我从体内向外看

我从体内向外看
看到你不老的容颜
我也看到太多的疤痕
绣在世界的锁骨上
我用行走的脚掌丈量
我们之间的距离
有时走过一米坚硬的土地
都要经由离别和死亡
我用灌进耳朵里的声音
感受天籁在如何汇聚
那是飘动的枝条与江河漫过了人世
是穷人在暗处的哭泣
我用鼻子去嗅春天的芽苞
它们的气息弥漫你周身
有时我也闻到有什么正慢慢腐烂
我用嘴巴咀嚼食物
你的乳汁和果实延续我的日子
有时我会咽下屈辱和难以下咽的疼
我用体温验证周遭的炎凉
你的肉体离我那么近
但有时我会感到
人体里的冰在慰藉着年轮
更多时候我用手来感知身外
你横卧的曲线是如何柔软

又是如何让我的手
触到你的铁、你骨头的反叛

在故乡的群山中

希腊人曾在神庙前写下：
"世界由土、水、气、火四要素组成"
在黑森林城堡，海德格尔也写下这样的话：
"世界的存在包括天空，大地，
诸神，以及终有一死者"
无数个清明，我都站在群山中
站在父母的墓前，幼时玩耍的土地上
我看到了希腊人与海德格尔写下的一切
此外，我还看到如下景象：
阳光照耀黄土，青草从土下钻出
河流在山间流淌，树林摇动着风
乡亲们走在这块福地上，一边收获
一边病痛和死去
那些藏在杂草与灌木里的山间路
要比世上任何一座城堡更古老
它们穿过多风又多鸟的幽谷
把一个个村落串联起来，组成我的旧时代
当我怀念不敢确认的远去的青春
我的双眼噙满泪水，在终有一死者面前

燕山鱼化石

捡到一块巴掌大的鱼化石，它空洞的眼睛
弯曲的鱼刺，哦，凉凉的就像握着一小片海水
我站立之处，曾是波动的大海
现在却是起伏的燕山
古代，鱼自由来去，日月孕育人类
当我夜里醒来，还能听到石头里住着往日的水声
我想象的边际恰是海洋的边际
那时候地上没有人，但一定有大风卷起浪涛
浪涛又卷起海草、鱼群
我不知道是什么使海水像马群一样逃走
鱼、树木和种子埋进岩层
那些对视过的生物，如今只能以沉默对峙永恒
今天我走在喧嚣又危险的人海里
想一想，如果我还在谈论青春与爱情
是多么矫情。多少年后
我将变成一块五脏俱全的化石，厚嘴唇，麦粒黄的皮肤
对于未来的人，我属于曾经的人世
他们要对我和我的世纪命名
　群张嘴或闭嘴却又无言的人
一群腹内盛放波涛的哑巴
在讲述另一个时代
关于身不由己的狂风，关于整个人群的沉默

陌生

我已叫不出村庄四周土地的名字
从前的每块地都有各自的称呼
村口遇到扛农具的人，他会告诉你去哪里除草
又在哪片山坡给果树剪枝
甚至拍拍送水毛驴的屁股，告诉它某个地名
它就会独自乖乖找了去
比如西山下的墓场叫萝卜台，山南的红薯地叫龙王庙
就像一个孩子拥有他土气的乳名
很多年我不在山水中走动
当我问起故乡人
他们一样记不全那些田土的别名
就像记不清走远的父辈与混沌往事
那些地已被外乡人承租，邻居们只偶尔外出打工
大部分时光还守着村庄
却再不能随意踏上土地半步
最多只是在村头或河边望上一望
东边看的是云，西边望的是风

是什么使我感到厌倦

时而感到厌倦，整个日子荒诞、无力，垂下手臂
不是厌倦下午的炎热与漫长、满天繁星的睡意
是厌倦一个半夜惊醒的人，他问：
活着已属不易，为什么还要写诗？

不是厌倦一个在梦里醒来的人
不是厌倦他的提问，关于诗
是厌倦我的胡子，没完没了地生长
再一茬一茬地剃光，依旧，徒劳

有时我扛起双腿走路

有时我扛起双腿走路，我是说
把一生走过的路卷起来
扔在后背上随身而行
像个逃难的人、乞讨和归家的人
像个守财奴
在越走越远的路上
肉身会越来越重，直到有一天
倒在流水旁

有时看着夕阳拖一条影子落下山
那条幽暗的影子就是夕阳的路
它把白昼里的事物
全都卷进黑夜
直到第二天黎明
会再一次把万物释放
将大地铺成黄金

这是骨头的诗

这是骨头的诗，但无关恐惧
也不是绝望的诗，这是关于真实的诗
不是冰冷和虚无的诗
我曾写过
我能看到一具具骨架在大街上走动或奔跑
谈天，吃饭，躺下睡觉
那些骨头披着人皮，就成了人
披上马皮，成了马
如果披上枝叶和冠盖，并从地下吸上泉水
就成了一棵树，或者一片树
有时我能看到一些骨头也披上了狼皮
有些狼却披上人皮
这取决于骨架里的钟表
取决于血管里的黄金，以及头骨中的月亮
而诗是万物的呼吸，披着文字的皮
时间的骨头披上水的皮
而我没有人皮可披，也没有兽皮
我只是骑上了一副骨架，顺着风飘

马车

拉盐巴的马车，隐蔽地走进冬天的海滩
在北方，拉庄稼的马车，走在乡村公路上
马儿啊，有多少伤心事，穿过四季尘烟

我只能遥望，向后，向那些走远的年景
向那些早已消逝的人
月光白白地照着，马车慢慢地晃着

在我的家乡，谁还会想起老马车，老马车碾过的岁月
马车接过的新娘，老了
马车拉过的病人，死了

马儿啊，有多少伤心事，穿过四季尘烟
早已死去的马儿，还在河边啃草
——有多少隐忍的泪水从我眼里进出！